• 衛斯理小說典藏版 79 •

地心洪爐

衛斯理
親自演繹衛斯理

《地心洪爐》

新之又新的序言，最新的

衛斯理小說從第一次出版至今，歷時已近半世紀，總共出了多少正版，還能計得清，若是連盜版一起算，那就算找外星人來算，也算勿清楚哉！不知能不能也算世界紀錄。

算得清好，算勿清也好，能幾十年來不斷出新版，說明不斷有讀者加入，對作者來說，沒有更值得高興的事了，謝謝所有喜歡衛斯理的人，謝謝謝謝。

倪匡

二〇二〇年六月四日 香港

幾句話

寫了四十多年小說，論者將拙作分為三個時期：早、中、晚。在明窗出版的一批，屬於早期和中期的上半。三個時期的創作風格有相當程度的不同，所以風評不一。本人並無偏愛，但讀友對早期的作品，頗有好評，大抵是由於在早、中期作品之中，主要人物精力充沛，活力無窮，所以使故事曲折多變，小說也就格外吸引。明窗出版社此次重新出版這批作品，正好讓大家來證明這一點。

四十餘年來，新舊讀友不絕，若因此而能有新讀友，不亦快哉！

倪匡

二〇〇五年十一月六日

序言

《地心洪爐》應該是緊接着《透明光》的，在編排次序時忽略了這一點，所以次序略有差別。

這個故事，在重校之時，感到突出了「權力令人瘋狂」這個概念，很有意思。連衛斯理也「未能免俗」，一想到自己掌握了至高無上的權力之後，幾乎瀕臨發狂的邊緣，以後再被敵人所趁，吃了不少苦頭。

地震和火山爆發，始終是地球的極大禍害，在《地心洪爐》寫成之後，地球上著名的地震，是中國的唐山大地震、墨西哥大地震，死傷的人，都以萬計，是生命財產損失的最大自然災害，而人類對這個大禍胎，卻一點辦法也沒有，只能預測它何時發生，而無法防止。

是不是地球終於會毀滅在這個地心禍胎上呢？

衛斯理（倪匡）

一九八六年八月二十七日

目錄

第一部

南極探險專家

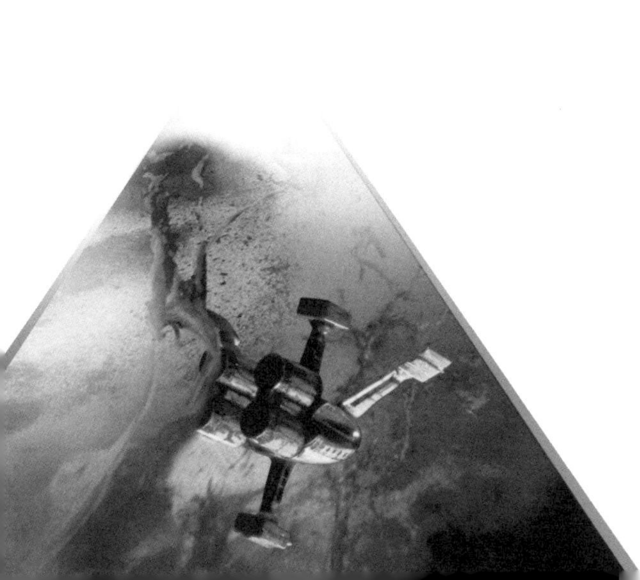

我自己雖然一事無成，但是在我的朋友之中，卻不乏有許多是成名的人物，張堅就是其中之一，他是一位著名的南極探險家，在兩極探險界中，有着非常高的地位。

一個十分炎熱的夏天，他突然來到我的家中。他的出現使我感到極其意外，但是我卻是衷心地歡迎他的到來。

因為在過去的幾個月中，我為了王彥和燕芬這兩個不幸的人，究竟是生是死這一問題傷透了腦筋，在精神上十分憂鬱。而張堅則是一個堅強不屈，在他的眼中看來，沒有什麼叫着「不可能」的人。和這種人長談，在不知不覺中，能使一個失望的人，對所有的事，重又恢復信心。張堅來到的第一日，我們便幾乎不停地在說話、喝酒。

酒逢知己千杯少，到了將近黃昏的時候，張堅握着酒杯，轉動着，忽然嘆了一口氣。

我定定地望着他，嘆氣不是他的所為，而如果他也嘆氣的話，那一定是有着什麼極其為難的事了。

我立即又想到，這時候，正應該是他在南極冰天雪地中工作的時候，何以他會拋開了工作，而來到這裏？拋開工作——這又不太像張堅了。

我問他：「你的假期提早了麼？」

張堅憤然道：「沒有，我是被強迫休假的。」

我憤然叫：「是哪一些混蛋決定的？」

張堅苦笑道：「是探險隊中的幾個醫生。包括史沙爾爵士在內。」

我又呆了一呆：「醫生？你的身體很壯啊，莫非那著名的內科專家發現了你有什麼不對勁麼？」

張堅工作的探險隊，是一個真正的「國際縱隊」，各國人都有，隨隊的幾個醫生，也都是世上最有名的專家，史沙爾爵士便是其中的負責人，而張堅則是這個探險隊的副隊長。

如果說探險隊的醫生強迫張堅休假的話，那就是張堅的身體有什麼不對頭的地方了。

張堅站了起來，雙手揮舞着，以至杯中的酒都濺了出來，道：「我非常強壯，我強壯得像海象一樣，我的確看見那些東西，我仍然堅持說那絕不是我的幻覺，南極的冰天雪地，不能使我產生任何幻覺，我早已習慣這種生活了，我不需要休假！」

從張堅的叫嚷中，我知道事情絕不是我所想像中的那樣簡單。

我連忙問道：「你見到什麼了？」

張堅睜大了眼睛：「你信不信我所說的話？」

我點頭道：「自然相信，再怪誕不經的事我都相信，因為我深信人類的知識貧乏，十分普通的事，人類便認為無可解釋了。」

張堅坐了下來，大力拍着我的肩頭：「我不去找別人，只來找你，可知我眼光不錯。」

我又問道：「你究竟看到了什麼，可是南極有隱身人出現麼？」我仍然是念念不忘王彥和燕芬，事隔幾個月，他們到了南極，也不是沒有可能之事。

但張堅卻瞪大眼睛望着我：「隱身人？不！不！不是什麼隱身人，倒像是來自別的星球的外星人。」

我聳肩笑道：「那更不足為奇了，地球以外，別的星球上也有高級生物，他們來到了地球作客，那又何足為奇？」

張堅苦笑着：「如果史沙爾爵士像你一樣，那我就不必休假了，可是這老頑固卻堅持我所看到的東西，只是幻覺。」

我也大力在他的肩頭上一拍：「喂，你什麼時候學會拖泥帶水的了？你究竟見到了什麼？快說！」

張堅雙手比劃着：「一座冰山——」

他才講了四個字，我便忍不住大笑起來！

在南極看到一座冰山，那簡直是太普通的事了，而居然就認為是「幻覺」，那麼需要強迫休假的不是張堅，應該是隨隊的醫生了。

張堅瞪着我，將杯中的餘酒一飲而盡：「你別笑，還有下文！」

「還有什麼下文，一座冰山就是一座冰山，難道冰山之中，還有東西麼？」

「就是還有東西！」張堅面上的神情，就像是中了邪一樣，忽然站了起來，大聲叫着。

我又按住了他的肩頭，令他坐了下來：「慢慢說，什麼東西？冰山之中有什麼？」

張堅舉起酒瓶，又倒滿了一杯酒，一口氣喝去了大半杯，才道：「這一座冰山並不大，但是卻與眾不同，它晶瑩澄澈得如同水晶一樣，簡直一點瑕疵也沒有……」

我忍不住舉了舉酒杯：「張堅，祝你退休之後，成為一個詩人。」

張堅大聲道：「我不是在作詩，我只是盡量在向你形容當時我的所見，使你有身歷其境的感覺！」

我閉上了眼睛，盡力使自己如同置身在南極的冰天雪地之中。我一生之中，旅行過許多地方，在赤道國厄瓜多爾，曾經逗留過一個月，也曾在阿拉斯加以北的漁村中生活過，但是我卻沒有到過南極。

這時，我所想像出來的南極，當然是電影上、畫面上所看到的那種，我盡量使自己置身其中，而張堅的話，卻引得我一步一步，走入我想像中的南極。

「那是一座高約二十公尺的冰山，透明得使人吃驚，探險隊人都出去工作了，只有我一個人在營地整理着資料，我們的營地不遠處，便是我們鑿開原冰而形成的一個湖，在海中心，在冰中心的一個湖，大約有一英畝那麼大小，那是供研究南極海洋生物之用的，那座冰山，便突如其來地從那個湖中冒了出來。」

我想像着當時的情景，忽然，我覺得事情不對頭，我忙一揮手：「且慢。」

張堅向我翻了翻眼睛：「你別打斷我的叙述，好不好？」

我忙道：「但是我如果發現你的敘述有不合理的地方，難道也不能發問？」

張堅苦笑道：「我剛開始，便已經有不合理的地方了麼？好，你問吧。」

我道：「你剛才說，在你們營地之旁，是一個湖，那個湖，是你們鑿破冰層，引出海水而成的，而四面仍全是厚厚的冰層，是不是？」

張堅道：「是的。」

我像是獲得勝利似的挺了挺胸：「那麼請問，你看到的那座冰山，是從冰上滑過來的麼？」

張堅大聲道：「不！」

我哈哈一笑：「是從天上掉下來的？」

張堅怒道：「衛斯理！我告訴過你，它是突然出現的，突然——」他的聲音放軟了些，嘆了一口氣：「我想是從冰層下浮過來，到了我們的營地附近，冰層已被鑿穿，它就浮起來，突然呈現在我的眼前了。」

我點了點頭：「說下去。」

張堅繼續道：「當我的眼前，忽然出現了一座大冰山之際，我整個人都呆住了，這是我在南極生活了許多年，從來也未曾遇到過的事，但我還很高興，因為那冰山是突如其來的，這對冰層下面，海水的流向，可能是一項極重要的資料，於是，我衝了出去……

「我到了那座冰山的旁邊，才覺得有一些不對頭，冰山的中間，有一塊黑色的物事。

「那一大塊黑色的東西，乍看，像是一隻極大的海龜，被冰山凍在裏面，但是當我仔細看去的時候，便發覺那不是一隻海龜，而是一艘小型的潛艇！」

我聽到張堅講到這裏，不禁問：「一艘小型潛艇，朋友，你可會看錯？」

張堅搖頭道：「那是一艘潛艇，被約莫三公尺厚的冰凍在裏面，我正在奇怪，何以潛艇會結在冰當中，像是小蟲在琥珀中一樣，突然，有亮光從那艘小潛艇的一扇小圓窗中，射了出來！」

我想問張堅，他當時是不是正在發高燒，但是我看到他一本正經的神色，不忍再取笑他。

張堅續道：「我嚇了一大跳，以為那是太陽在冰上的反光，但是卻不是，那閃光自那艘潛艇的小窗口中射出來，閃幾下，又停幾下，我立即看出，那是以摩士電碼發出的求救的信號：ＳＯＳ，ＳＯＳ。在那艘潛艇之中，還有人生存着！」張堅的氣息，粗了起來。

他喘了幾口氣，繼續向下說去：「我立即回到帳幕中，取了一隻強烈的電筒，也打着摩士電碼問：你們是什麼人？我自己也不知道當時何以竟會不由自主，發出了這樣一個可笑的問題來的。我得到的回答卻是：快設法破冰，解救我們。

「基地上沒有別人，我一個人吃力地搬動着破冰機，發動了馬達，破冰鎬急速地旋轉。

「那座冰山發出可怕的聲音，軋軋地震動着，當破冰鎬的鎬尖，愈來愈入冰山的時候，冰山出現了裂痕，它不再那樣晶瑩澄澈了，二十分鐘後，它發出了一陣可怕的聲音，碎裂了開來，成了千百塊。

「那艘潛艇，展現在我的面前，那是一艘樣子非常奇特的潛艇，是圓形的，我剛停止破冰機，潛艇的圓蓋打開，一個人露出了上半身來，他身上穿着潛水人所穿的衣服，我只看到這個人的身材，十分短小，像是一個侏儒，他向我招了招手，喊了一句我聽不懂的話，便縮了進去，那圓蓋也蓋上了，那潛艇——」

他才講到這裏，我已經道：「那潛艇又潛入海底下去了？」

張堅瞪了我一眼：「你和所有人一樣，都猜錯了，自那潛艇的底部，忽然冒出起了三股濃煙，那艘潛艇，以我所從來未見過的速度，沖天而去！當濃煙散開時，潛艇已不見了。」

我望着他，對他的話不作任何評論，因為我實是無從置評。

如果要我發議論的話，那麼我一定同意史沙爾爵士的意見。可憐的張堅，他在冰天雪地的南極，工作得實在太久了。他沒有見到從冰湖之中冒出一條美人魚來，那是他的運氣。

我可以相信一切怪誕的事情，如果張堅說：一隻飛碟飛下來，又升上了半空，或是一隻潛艇（就算它是凍在冰山之中的），突然出現，又潛入了海底，我還有考慮的餘地的。

可是他說的卻是一艘潛艇，飛上了半空！

我一面望着他，一面緩緩地搖頭。

張堅十分敏感，他一看到我搖頭，便大聲道：「你搖頭是什麼意思？」

我忙道：「沒有什麼，你既然來到了這裏，我就有責任陪你好好的玩，你想玩什麼？」

張堅的手緊緊地握着酒杯：「我想到遊樂場中去騎木馬——但是你首先告訴我，我所講的一切，你是不是相信！」

我站了起來：「張堅，你要知道——」

張堅大喝道：「信，還是不信？」

我覺得十分尷尬，如果我說相信的話，那我便是欺騙了朋友。而如果我說不信的話，那便使得張堅大失所望了。

我正在猶豫難答，而張堅的面色，也愈來愈難看之際，突然門鈴聲大作，老蔡才將門打開，便聽得一人叫道：「急電，急電，快簽收。」

我連忙走了下去，急電是張堅的，我揚聲將張堅叫了下來，張堅簽收妥，拆開了電報，電文很簡單：「營地有急事，急返，盡一切可能快。史谷脫。」

史谷脫就是張堅那個探險隊的隊長。

我聳了聳肩：「你騎不成木馬了。」

張堅喃喃地道：「究竟是什麼事情呢？」

我想了一想：「要我陪你去走一趟？」

張堅點頭道：「你多少應該準備一下！」

我攤了攤手，道：「準備什麼？帶上一件免漿免熨的襯衫？」

張堅也不好意思起來，他道：「別怒氣沖天，衛斯理，我保證你不虛此行。到了之後，我派你做最輕鬆的工作。」

我瞪着眼道：「派我做什麼？放企鵝麼？」

張堅一面笑着，一面拉着我向外走去。我懷疑他的祖先之中，一定有一個是南極附近的人，要不然，何以本來是愁眉苦臉的他，一旦有了重回南極的機會，便興奮得像一隻猴子？

我們直赴機場，在途中，我才知道張堅是一下飛機，便到我家中來的，他根本未曾打算住酒店，所以史谷脫隊長找他的電報，才會發到我家中來。

我們在機場等候了一小時左右，張堅通過他特殊的關係，就在這一小時中，替我弄妥了我到南極去所需的一切證件。幾個國家的副領事特地趕到機場來，他們對張堅的態度十分恭敬。他們如此尊重一個在科學上有成就的人，想起我剛才心中將他比作一隻興奮的猴子，不禁歉然。

我們所搭的飛機，一到檀香山，張堅便和我直赴當地的空軍基地。

張堅顯然是空軍基地的常客了，連守衛都認識他，對他行敬禮，但卻瞪着眼，在我身上上上下下，檢查了一遍，才肯放行。

而且，在進了基地之後，張堅可以直闖辦公大樓去，我卻被「招待」在「貴賓室」中。「貴賓室」中的一切，稱得上美輪美奐，現代化之極，但可惜門口卻有佩着手槍的衞士在不斷的來回踱步，那使我覺得我是在一間十分華麗的囚室之中！

我等了許久，才見張堅興沖沖地跑了進來：「行了，一切都就緒了，我們向南飛，中途停留在托克盧島、斐濟島，然後在紐西蘭再停一停，便直飛南極，這條航線你熟麼？」

我一肚子是氣，大聲道：「我當然不熟，但是我相信如果飛機出了什麼毛病，我還可以將你的靈魂引到南極去的。」

張堅在我的肩頭上，大力拍着：「別衝動，我的好朋友。」

他拉着我走出去，一輛吉普車駛到了我們面前停下，張堅首先跨了上去，我也上了車，車子向前駛出，不一會，便到了機場。

吉普車在一座飛機庫面前，停了下來，我看到飛機庫中停着兩架雙引擎的小型飛機。

我一眼便看出，這兩架飛機，是保養得極好，性能極佳的，時時在使用着的飛機。

張堅望着我：「怎麼樣？」

我點了點頭道：「飛機還不錯。」

張堅道：「不錯，這是基地司令員的座駕機，他肯借一架給我們，你只是說『不錯』？」

我不能不佩服張堅的神通廣大，若是我衝到這裏來，向司令員提出，要借他的座駕機一用，那不被人當作瘋子才怪。

我下了車，兩個機械師迎了上來：「是你駕駛飛機麼？」

我點了點頭：「不錯，要注意什麼？」

機械師道：「一切都好，這是兩架我們最注意的飛機，你想想，這飛機要是照顧得有疏忽——」他用手在頸上一劃，不再說下去。

我笑了笑，爬進了機艙，走到駕駛室內，檢查了幾個要點，便證明機械師所說的話不錯，我又退了出來，這時，機械師已在下令，將飛機拖到跑道上去了。

我穿上了駕駛衣，張堅笑嘻嘻地望着我：「衛斯理，我早就說你行的。」

我也望着他笑着，但是我的心中，卻不懷好意，我決定當飛機飛到大海上時，玩一玩花樣，來嚇嚇他，看他還是不是那樣輕鬆。

十五分鐘之後，飛機的引擎怒吼看，飛機在跑道上向前衝去，我不等飛機在跑道上駛到規定的時間，便扳動了升降桿，飛機一昂首，便已升空了。

在飛機升空的時候，我看到跑道旁邊，有幾個空軍軍官，正在向我打手勢，在稱讚我的駕駛飛機技術。我心中也十分得意，因為我未曾駕駛飛機許久了，但居然還有這樣的成績。

我用心駕駛着，一直到托克盧島，才漸漸降落。

托克盧島是一個只有軍事價值的小島，我們降落，也只是為了補充燃料而已。

由於我心情好，所以我也放棄了惡作劇的念頭，晴空萬里，鐵翼翱翔，頓時使人的心胸也為之開闊，促狹的念頭，自然而然地打消了。

我們一直飛到了紐西蘭，都十分順利，在離開了紐西蘭，繼續向南飛去之際，張堅的心情變得更好，因為那已接近他喜愛的南極了。

等到氣候變得相當冷，向下看去，海面上已可以看到三三兩兩的浮冰的時候，張堅更是忍不住哼起歌曲來。

他坐在我的身後道：「照航程來看，再過兩小時，我們便可以到達了，在我們營地的附近，有一條鑿在冰上的跑道，你降落的時候可得小心，那條冰上跑道，是考驗駕駛員是否一流的地方。」

我笑道：「你放心，我以為你可以和探險總部作無線電聯絡了。」

張堅坐到了我的身邊，熟練地操縱起無線電來，可是過了幾分鐘，他面上現出了一個十分奇怪的神情來：「怪啊，為什麼無線電波受到如此強烈的干擾？」

我道：「或者是極光的關係。」

張堅道：「不會的，極光的干擾，沒有如此之強。」

我道：「那你繼續地試吧。」

張堅無可奈何地答應着，我則繼續操縱着飛機，向南飛去。

那天的天氣極好，可見度也十分廣，突然之間，我看到儀板上的雷達指示器上的指針，起了極其劇烈的震動，那通常是表示前面的氣候，有着極大的變化，例如有龍捲風正在移近之類。

可是，如今，天氣是如此之好，那幾乎是不可想像的事情。

就在我想將這一點講給張堅聽的時候，我們的飛機，突然劇烈地震盪了起來，我和張堅兩個人，竟不能控制地左搖右擺。

約莫過了一分鐘，我們的飛機才恢復穩定，張堅面上變色：「衛斯理，你在搗什麼鬼?」

我已無暇和他分辯了，因為我已經覺出，事情十分嚴重，一些我所不知的變化，正在發生中。

首先，我看到前面的海水，像是在沸騰一樣!

而在沸騰的海水中，有一股火柱，不斷地向上湧了出來。

那股火柱湧得並不高，只不過兩三丈，但是那卻使火柱四周圍的海水沸騰。同時，火柱的頂端，冒起一種濃煙綠色的煙來。

我從來也未曾見過那樣濃綠色的煙。這時，連張堅也呆住了。

我們兩人呆了好一會，張堅才問我:「天啊!這是什麼?」

我忙道:「這裏已接近南極了，這裏的一切，我正要問你。」

張堅不再出聲，他開動了自動攝影機，在他開動自動攝影機，去拍攝眼前那種奇異的迹象之際，我發覺我們的飛機，已經到了七千尺的高空——那是儀板上的高度表告訴我的。

除非是高度表壞了，要不然，就是我們的飛機，在自動地升高，而且是以十分快的迅速在自動地升高，因為我本來的飛行最高度是兩千尺。

我想令飛機下降，但是沒有可能，飛機平穩地，但迅速地、頑固地向上升去。

第二部

高空中的實驗室

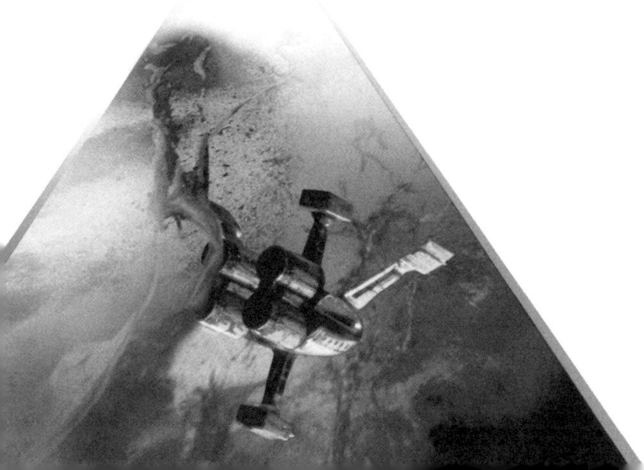

我盡量使自己鎮定，叫張堅看高度表。

當張堅看到高度表的時候，我們已經在八千五百尺的高空了。

張堅張口結舌：「衛斯理，為什麼飛得那麼高？」

我雙手鬆開了駕駛盤：「你看，飛機是自動上升的，完全不受控制了！」

張堅忙道：「怎麼會有這種事？怎麼會有這種事？」

我苦笑道：「我不明白，我也不相信會有這種事的，但如今這種不可能的事卻發生了。」

張堅道：「試試低降！」

我搖頭道：「我試過了，你看，根據機翼板的形狀，我們是應該下降的，但是我們的飛機，卻還在向上升去，如今——」

我向高度表看去，已經是一萬一千尺了。

高度表上最高的數字只一萬兩千尺，因為這是一架旅行飛機，不需要更高的高度。而表上的指針，迅即到了頂點上。

可是，我和張堅兩人，卻可以明顯地感覺到，飛機還在繼續上升。

張堅叫道：「天啊，我們要升到什麼地方去啊！」

由於高度表已到了頂點，我們已不知道自己究竟到了什麼高度。我經歷的怪事不少，可是如今經歷着的怪事，卻又開創了新的一頁。

我只好強作鎮定：「希望不是上帝向我們招手！」

張堅瞪了我一眼：「我們跳傘吧。」

我瞪着他：「跳傘，在一萬兩千尺的高空，向南冰洋中跳？我寧願看看究竟是什麼力量，在使我們的飛機上升。」

張堅嘆了一口氣，這時，向下看去，已經看不到什麼東西了。雖然天氣好，能見度高，但是我們已經飛得太高了，向下望去，便只是茫然一片。

我抬頭向上看去，只見在蔚藍色的天空中，有着一大團白雲。

那一大團白雲，停在空中，而我們的飛機，已迅速地向那團白雲接近。

我連忙問道：「張堅，南極上空，可是有帶極強烈磁性的雲層麼？」

張堅道：「在我的研究中，還未曾有過這樣的發現。」

我忙道：「向地球墮下的隕石，大多數都被南北極的磁場所吸了去，這是人所共知的事實，那麼，有沒有可能，南極的上空，有一種帶有強烈磁性的雲層，將我們的飛機，吸了上去呢？」

張堅苦笑着：「看來是有的了，要不然，我們的飛機，怎會自動上升？」

我拍了拍他的肩頭：「你怎麼啦，這將是震驚世界的新發現，你怎麼反而垂頭喪氣起來了。」

張堅道：「是啊，這是新發現，但是請問，我們怎樣將這個發現帶給世人知道呢？無線電失靈了，我們離開飛機跳下去，還是將發現放在瓶中，向下拋去，希望這隻瓶子，飄到法國康城的沙灘上，讓一個穿着比基尼泳衣的性感明星拾到這隻瓶子？」

我笑道：「隨便怎麼都好，只要你的幽默感未曾喪失，我們總會有希望的。」

我們在講話的時候，飛機迅速地接近那一大團雲，穿進了雲中，然而，陡然之間，飛機震了一震，定了下來。飛機突然停住，我和張堅有了不知所措之感。我們既沒有辦法使飛機飛行，也不能打開機門跳下去，我們的無線電，完全失靈。

在這樣的情形之下，我和張堅兩人，相互望着，一句話也講不出來。接着，意想不到的事情發生了！

我們首先聽到了飛機的機身，響起了「錚錚」的金屬碰擊之聲。我和張堅兩人，立即循聲看去，只見在雲層中，出現了一樣十分奇怪的東西。

我們乍看到那東西，簡直無以名之。那倒並不是這件東西的形狀太古怪複雜，難以形容的緣故。而是那件東西，十分簡單，它只是一塊一張蓆子大小的金屬板，顏色是鐵青色。

那塊金屬板，沿着我們飛機的尾部，向前移來，移到了機門之旁，停了下來。

我和張堅兩人，這時已經驚愕得沒有力量來相互討論那塊金屬板究竟是什麼東西了！

接着，我們便聽到，從那金屬板的一端，發出了一個人講話的聲音，那人所用的是極其純正的英語，使人想起《窈窕淑女》中的「在西班牙的雨……」，那聲音說：「兩位，請你們跨出機艙，站到這塊平板上來。」

我和張堅兩人，都知道那平板上沒有人，人講話的聲音，不知是通過了什麼方法傳了過來的。

我們究竟應不應該聽從那個命令呢？

正當我們在猶豫不決的時候，那聲音已傳入我們的耳中：「你們闖進了試驗區，如今你們已在三萬五千尺的高空，你們不能下去，你們必須服從我的命令。」

一連串的「你們」，顯得那講話的人，發音甚正，但修辭方面的功夫卻差了些。

我勉力定了定神：「好，我們可以聽你的命令，但我們首先要明白，你是什麼人，在這裏從事什麼試驗？」

那聲音道：「你們不需要明白這些，你們要做的只是服從我的命令。」

張堅苦着臉，低聲道：「怎麼，我們出不出去？」

我向那塊金屬板看了一眼：「看來這塊平板是摩登飛氈，希望我們不至於跌下去。」

張堅忙道：「我們真的要出去？」

我攤了攤手：「除了出去之外，還有什麼辦法？你沒有聽到麼？我們是在三萬五千尺的高空之上，而我們的飛機又不聽指揮，我們除了服從他的命令之外，還有什麼法子？」

張堅嘆了一口氣：「我們還會遇到一些什麼怪事呢？」

我搖頭道：「我不是先知，我也不知道。」

我向機門走去，打開了機門，那塊金屬平板，竟自動升高，方便我們踏足上去。

我站到了平板上，由於四周圍全是雲霧，什麼也看不到，所以我雖在高空，站在那樣小面積的平板之上，也不覺得害怕。

接着，張堅也出來了，他握住了我的手臂，我們還來不及交換意見時，平板已向前滑了過去，當我們回頭看去的時候，我們的飛機已經不見了。當然，飛機是可能仍在停在老地方的，只不過由於密雲，我們已經看不見它在什麼地方而已。

平板向前十分穩而快地滑去，過了一分鐘，它又開始上升，然後，幾乎是突如其來的，我們像是突破了什麼東西一樣，眼前陡地清明，我們又看到了實是難以相信的奇景。

平板已停了下來，在我們面前的，是一幅相當大的平地——我說是「平地」，因為那的確給人以「地面」的感覺，上面有泥土，甚至還有花草。在平地的正中，是一幢六角形的屋子，建築的樣子，十分怪異，而且很高。

我們抬頭向上看去，仍只可以看到雲，四周圍全是雲，唯獨這幅平地之上，卻空氣清爽，使人感到愉快。就像是有一個極大的玻璃罩，將這幅平地罩住，是以密雲難以侵得進來一樣。

我試着伸出一足，去踏在那塊平地上，那的確是平地，而不是我的幻覺，我跨出了那塊平板，在平地上站定，張堅跟在我的後面。

我們一起抬頭看去時，只見那六角形的建築物的底層，一扇門向上升起，一個人張着兩臂，走了出來：「張博士，歡迎歡迎，直到我們在熒光幕中看清楚了你們兩位容貌，才知道我們的不速之客是張博士！」

那人的身材十分矮小，身上穿着如同潛水人所穿的橡皮衣，頭上也戴着防毒面具也似的銅帽子。

張堅失聲道：「他們，是他們。」

我忙道：「什麼他們？」

我的問話才一出口，便已經知道張堅的那句話是什麼意思了。他說的「他們」，當然是指他曾向我講過的那個荒誕的故事中的那些被困在冰中的人而言的。

也就在這時，我們聽到了一陣嗡嗡聲，自那六角形建築物的一個窗口中，飛出了一個圓形的東西。

那東西，乍看，像是一隻大海龜，又像是一隻潛艇，但是卻以極高的速度，破空而去。

當那東西侵入雲層中的時候，有幾絲雲，向下飄來。我和張堅望得出神。張望低聲道：「衛斯理，你現在相信了麼？」

眼前的事實如此，怎容得我不信？

我吸了一口氣，向那個穿着橡皮衣、戴着銅面具的人道：「我希望你們並非來自外星。」

那矮小的人，突然以一種十分怪異的聲音，笑了起來，那種聲音聽來令人牙齦發酸，極不舒服，和他那種發音正確，優雅的英語一比，簡直判若兩人一樣。

我不明白他為什麼發笑。

當然，他的發笑，不外乎兩個可能。一個是我猜中了，他正是來自外太空，所以他得意地笑。另一個可能是我完全猜錯了，他只是地球上的人，所以覺得我這個問題，太過愚蠢可笑。

可惜因為他所發出的聲音，實在太刺耳了，我竟難以分辨他笑聲中的感情。

他笑了極短的時間，便停了下來，又以那種純正得過分了的英語道：「我們不必去討論這個問題，兩位既然來了，也不必急惶。張博士，我們曾到你們的營地去找過你，但是你卻不在。」

張堅苦笑道：「找我？找我作什麼？」

那人道：「我們的領導人，在作例行的巡視飛行中，不幸遇到了一團冷空氣，在還未曾來得及採取任何措施之前，那團帶水的冷空氣，便將飛行船包圍，在飛行船的周圍，結成了一層厚達四公尺的冰層——」

張堅向我望了一眼：「怎麼樣？」

我無話可說，只得點了點頭。

那人向我望了一眼，續道：「飛行船喪失了飛行的能力，落下了海洋之中，如果不是張博士相助，我們的領導人便會遭到不幸了。」

張堅忙道：「原來是這樣，那麼，我請你們快些讓我們的飛機能夠恢復飛行，我急於要趕回基地去。」

那人又笑了一下：「你們的飛機，在經過強度磁力的吸引之後，所有的機件，都成了比普通磁鐵磁性大二十萬倍的特種磁鐵，如果我們一減低磁力，你們的飛機，就像一柄斧頭一樣，直掉了下了。」

張堅的神情有些憤怒：「噢，你弄壞了我借來的東西。」

那人道：「不要緊，我想借出這架飛機的人，是不會見怪的。」

張堅瞪着眼：「你怎麼知道？」

那人揮了揮手：「我們不必討論這個問題了，兩位請進來休息片刻好麼？」

我冷冷地道：「休息片刻之後，又怎麼樣？」

那人道：「我們的領導人將會接見兩位，和兩位討論這個問題。」

我忙又道：「你們究竟是什麼人？」

可是那人並不回答，逕自轉過身去。

張堅大聲問道：「你們究竟是什麼人，為什麼會在空中居住的？」

那人仍不轉過身來，只是道：「我們如今所在的地方是一座空中平台，我們主持的實驗的指揮所，這和你的探險隊在冰上建立營地是一樣的，又有什麼可以值得奇怪的地方？」

張堅喃喃地道：「可是你們是在天空中啊！」

那人並沒有再出聲，我們一行三人，已經從那扇門中走了進去，而那扇門，也無聲地合上。

那扇門之內，看來像一個大堂，裏面一點家具也沒有，四面的牆壁、地板和天花板，全是一種銀灰色的金屬。

那種金屬乍看像是鋁，但是細看下卻又不像，那人道：「請你們在這裏等一等。」

我竭力使自己輕鬆：「就站着等麼？」

那人「噢」地一聲：「如果你們喜歡的話，可以坐在地上，地上是很乾淨的。」

我不禁無話可説，眼看着那人在另一扇門中，走了出去。那人才一走開，張堅便對我道：「衛斯理，我們怎麼辦？我們是在什麼地方？」

我苦笑道：「不要發急，我想我們只好聽其自然。」張堅道：「這裏是什麼所在呢？」

我低聲道：「如果那些人不是來自什麼別的星球的怪物，那麼便一定是什麼國家所建立的一座秘密空中平台，正在從事一項秘密實驗。」

張堅失聲道：「如果是這樣的話，我們已經發現了他們的秘密，那一定必死無疑了。」

我點了點頭：「可能會是這樣，但是你救過他們的領導人！」

張堅道：「我看這也沒有用，你看，這座空中平台的四周圍，全是白雲，平台在三萬五千尺的高空，他們仍這樣小心地掩飾着，那麼他們在從事着的實驗，一定是極度的秘密的了，他們肯放我們回去麼？」

我笑道：「這樣說來，你倒反希望他們是別的星球來的了？」

張堅苦着臉，不再言語。我走到那扇門前，準備伸手去推門，門卻已自動打了開來。我四面檢查了一下，並沒有發現任何受光線控制的開關，那扇門自動打開，一定是我所不知道的一種科學方法了。

我向門外跨出了半步——僅僅是半步，這使我看清，門外是一條走廊。立即便有兩個人從門的兩旁出現，攔住了我的去路。

他們也是身材矮小，穿着橡皮衣，和類似潛水人所戴的銅帽子。

我不明白為什麼這裏的人，都穿着那樣的「衣服」，那沉重的銅面罩，看來像是調節空氣用的，但我更不明白他們為什麼要調節空氣，因為對我來說，空中平台的空氣，就和里維拉海灘上的空氣一樣清新。

那兩人攔住了我的去路，道：「請你不要走出這扇門來。」

他們所講的，同樣是十分純正的英語。

為了不想惹麻煩，我退了回來。

張堅大聲抗議：「為什麼不能出這一扇門，我們被軟禁了麼？」

我向他揮了揮手：「算了，我看他們也是奉命行事的，不必計較。」我一面說，一面仔細地向那兩個人看去。

那兩個人這時，還並排站在我的面前，距離我只不過一步左右。

在那樣近的距離之下，我實在是可以將他們兩個人身上的一切，看得十分清楚，我試圖通過那銅面具上的兩塊圓玻璃，去接觸他們的眼光。

可是我卻辦不到，因為在那圓玻璃後面，似乎並沒有什麼東西。那當然是不會的，我想，一定是那種玻璃有着強烈反光的緣故。

我想動手將他們兩人之中的一個銅面具除下來看個究竟。

但我只是想了一想，而並沒有那樣做。

因為到目前為止，我們在表面上還在受着友善的接待，而張堅又曾破開冰塊，救過他們的領導人，事情可能很樂觀，我不想破壞一切。

我和張堅兩人，退到了屋中之後，又等了五分鐘，那一個領我們進屋子的人，又走進了房間來。

老實說，我實是沒有法子分辨出他們誰是誰來。因為他們的身材，看來都是同樣的矮小，而衣服也完全是一樣的，甚至於他們的口音也是相同的——全是那種過分純正的英語。

我們一見那人走進房間來，便迎了上去，問道：「怎麼樣了？」

那人點了點頭：「請你們跟我來，我們的領導人準備跟你們見面。」

張堅低聲問我：「他們的領導人是什麼樣的？」

我也低聲道：「希望不要是一個紫紅色的八爪魚。」張堅明白我的意思，是希望如今我們所在的那個太空平台，不是由其他星球上的「人」所建立的。

他嘆了一口氣：「我倒希望是，你想，如果什麼國家，在南極上空，設立了這樣的一座空中平台，而我們發現了這個秘密的話……」

我不等他說完，便道：「如果是什麼星球，那問題只有更糟糕。」

我們一面密談，一面已到了走廊的盡頭處，那帶領我們的人，在一個按鈕上一按，我們的眼前，突然出現了極其奇幻的一種幻景。

我們像是被一股什麼力道所吸引一樣，身不由己地向前踏出了一步。而在跨出了一步之後，我們的身體周圍，立即被一種近乎黃色的，極濃的霧所包圍。

在那個時候，我們的身子，像是被某一種力量推動着而在移動，但是卻又不像是在動。張堅大聲叫道：「還是什麼玩意兒？」

他只叫了一句話，我們身旁的那種濃霧，便已散了開來，我們發現我們仍站在走廊的盡頭，那個矮小的人也站在我們的身旁。

我忙道：「剛才那陣霧是什麼意思？」

那人「噢」地一聲，道：「沒有什麼，那只不過是一種頻率極高的無接電波在空氣中所產生出的正常反應而已。」張堅道：「那麼，這種高頻率的無接電波，又是什麼意思？」

那人道：「它能夠探測兩位的思想，將之記錄在案。」我和張堅兩人聽了，不禁更是吃了一驚，張堅面上的神色，十分蒼白。

探測一個人的思想，利用高頻率的無接電波，這似乎是地球上科學最先進的國家也未能做得到的事，那麼，我們是落在什麼人的手中了呢？

而事實上，這座在三萬五千尺高空的空中平台，我就看不出是用什麼方法，使它能停留在空中的，而且平台外的雲，顯然也是人造雲，這一切，似乎不是地球上的科學家所能弄出來的東西。

我和張堅在面面相覷間，那人手又在一個掣上按了一下：「請。」

在我們面前的一扇門，已經打了開來，我們硬着頭皮走了進去。

那裏面，則是一間十分舒服的接待室，已有一個人坐在一張沙發之上，沙發的形式很古老，一點也不像是在空中平台上應有的物事。

坐在沙發上的那個人，正在翻開着什麼文件，一見到我們，便放下了文件，站起身來，道：「歡迎，歡迎兩位光臨，」——也是那種英語。

我向那人放開的文件，偷看了一眼，只見上面全是一些莫名其妙的小洞，我知道這是電腦語言，但是我卻讀不懂它們。

我再打量那個人，他是一個身材和我差不多高下的中年人，兩鬢斑白，樣子十分莊嚴，但是卻並不淩厲。

我笑了一笑，道：「終於看到一個不戴面具的人了。」那中年人也笑道：「我叫作傑弗生，你可以逕直稱呼我的名字。」

我在一張椅上坐了下來：「傑弗生先生，我們倒不在乎怎樣稱呼你，我們只是想知道，我們還有機會回到地面上去麼？」

傑弗生搖着他紅潤的手掌，連聲道：「當然有的，當然有的。」

我道：「好，那你們一定有極好的交通工具，可以令我們迅速地到達張博士的基地上的。」

傑弗生笑道：「不是現在，衛先生。」

我猛地跳了起來：「我沒有向你們之中的任何人說過我的姓名。」

傑弗生揚了揚手：「不要激動，我們都知道的。」我難以明白他口中「我們都知道的」一語是什麼意思。

但如果他們已以高頻率的無線電波，和一系列的電腦裝置，探測過我們的思想的話，那麼，他的確是「什麼都知道」的了。

我又坐了下來，傑弗生道：「首先，請你們放心，我和你們一樣，是地球上的高級生物——人。而不是紫紅色的八爪魚。」

我心中「哼」了一聲，這傢伙，他果然什麼都知道了，他當真探測了我們的思想，要不然，他怎麼知道我曾經以為他是「紫紅色的八爪魚」？

我道：「我聽到這一點，覺得很歡喜。我們也不想知道閣下是哪一個國家的人，和從事着什麼實驗，我們對這一切沒有興趣，如果你要我們絕不宣揚的話，我和張博士可以以人格保證，我們絕不會向任何人提起我們奇怪的遭遇來的。我們只求快些離開這裏！」

傑弗生十分用心地聽我講話，等我講完之後，他才搖了搖頭：「遺憾得很，要請你們暫時在這裏作客。」

我和張堅兩人，不禁勃然變色。

我站了起來：「你這樣說法，便等於要軟禁我們了？」

傑弗生緩緩地道：「兩位全是明白人，也都應該知道，歷年以來，在南極範圍的上空之內，無故失事的飛機很多！」

我瞪着眼：「閣下這樣說法是什麼意思？」

傑弗生仍是慢條斯理地道：「我們所從事的試驗，絕不想給任何外來人知道，我們利用人造雲霧，將空中平台遮掩起來，使得在外面看來，那只不過是停滯在高空的一大團白雲。但是我們卻沒有法子掩飾我們的實驗，雖然我們在事先經過精密的推算，避免給他人發現，但仍然會有一些飛機，像你們的那樣，闖了進來，於是，我們便不得不以強烈的磁性放射線，令得他們失事——」

傑弗生在講着那種駭人聽聞的事實之際，他的聲音，竟仍然是那樣娓娓動聽，這就是最不能令我忍受的事情。

我陡地大叫道：「你這個無恥的傢伙，你為什麼又不令我們飛機失事，而要將我們吸上來呢？」

我一面說，一面跨前一步，突然伸手按住了傑弗生的肩頭，猛烈地搖着他。傑弗生面上神色，大是驚恐，連連向後退去。

突然，當他退到一堵牆前之際，牆上出現了一扇暗門，他已閃身而入。

我還想追上去，只聽得身後有人道：「你們不能在這裏動粗的。」

我回頭一看，只見張堅面色蒼白地坐在沙發上，而兩個穿着如同潛水人一樣衣服的矮子，則已從我們進來的那扇門中，走了進來，説話的正是兩個矮子中的一個。

我冷笑一聲：「動粗？是什麼人將我們弄到這裏來的？你們有什麼權利將

我們留在這個空中平台之上，不讓我們回去？」

我又一個箭步，跨了過去，抓住了其中一個矮子，右手一拳向那矮子的頭上打去。

我那一拳下手頗重，那是因為這時，一則因為我知道難以離開這空中平台；二則，事情什麼時候是了局，也不知道，因之心中十分焦煩的緣故。

我預料這一拳打出，雖然我的拳頭，打在銅面具上，會十分疼痛，但是卻也可以打得那矮子叫救命的。

「砰」地一聲，我的一拳，打個正着。

也就在那瞬間，張堅突然尖叫起來！

我連忙轉過頭去看他，一時之間，卻未曾注意眼前發生的事。

第三部

冰原亡命

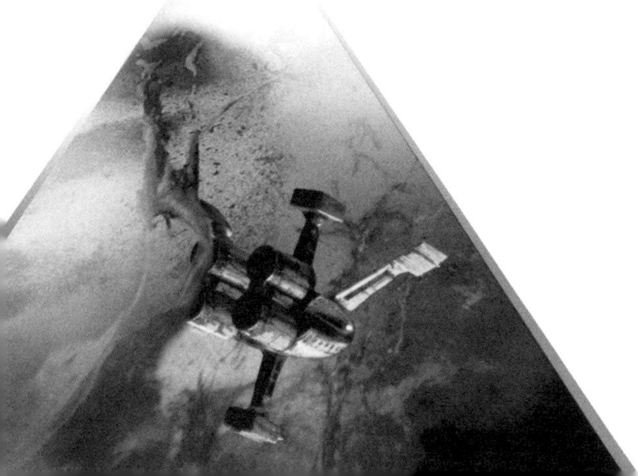

看到張堅指着我，一句話也講不出來，我連忙回過頭去，也不禁呆了，那矮子的整個頭顱，竟因為我的一拳，而跌了下來！

我連忙鬆手，那個已沒有頭顱的矮子，身上發出一種「嘟嘟」的怪聲，和另一個矮子，一齊向外衝了出去。

我退後了一步，注視着落在地上的那個銅面罩，在最初的一分鐘內，我驚駭莫名，但是我隨即鎮定了下來，因為地上一點血也沒有。

如果說，我的一拳，竟大力到能將那矮子的腦袋，打得和脖子脫離關係的話，那麼怎麼會沒有血呢？我連忙一俯身，將那矮子的頭，提了起來。

那時，我和張堅兩人，都已看清，在銅面人之內的，根本不是一顆人頭。

在銅面具之內的，也不是「紫紅色的八爪魚」，我們看到的，是許多精巧之極的電子管，整齊地排列着，還有許多我們所看不懂的小型儀器，以及複雜之極的線路。

那些線路，全是比頭髮還細的銀線連成的。

這幾乎是不可相信的，但是，這卻又是鐵一樣的事實：那些身材矮小，戴着面罩，穿着橡皮衣，會「説」純正英語的，並不是人！如果一定要説他們是人的話，那麼他們只是配了電子腦的機器人！

能夠將機器人做得這樣子，這不消説是科學上的極大成就。這時，我心中懷疑那個傑弗生，是不是如他自己所説的那樣，是地球上的人！

因為這個空中平台上的一切，似乎都不是地球上的科學家所能做得到的。

（一九八六年按：這種機器人，當時是幻想，現在也已是事實了。）

最簡單的便是，那樣強烈的磁性，到目前為止，地球上的科學家，還只能在實驗室中得到，而不能付諸應用。如果能應用的話，那麼，飛機將一點軍用價值都沒有了。

再説，這座空中平台，又是憑藉着什麼動力，而能停留在三萬五千尺的高空呢？

這都是我這個對科學一知半解的人所無法了解的，但是我相信即使這方面的專家，也必然瞠目不知所對，講不出所以然來。

我將我手中所捧的「電子頭」交給了張堅，張堅苦笑着接過來，看了一回，道：「我簡直不能相信這是事實。」我大聲道：「傑弗生先生，我相信你一定能聽到我的聲音的，是不是？」

傑弗生的聲音，立時在這間房中響了起來，他道：「是的。」

傑弗生的聲音，絕不是從什麼傳音器中傳過來的，因為聽來絕沒有這樣的感覺，傑弗生的聲音，聽來就像是在你的對面有人講話一樣。

這當然又是一種我所不知的新型傳音器所做的絕佳效果。

我立即道：「那就好，我請你在我們還沒有破壞這裏的一切之前，放我們離開這裏。」

傑弗生道：「衛先生，別威脅我們，你破壞不了什麼的，當然，你們也暫時不能離開這裏。」

我冷笑道：「你以為你可以永遠將我們扣留在這空中平台上麼？」

傑弗生道：「不是扣留，我是要請你們在這裏住下來，當作客人，在我們實驗完全成功之後，你們便可以離開這裏了。」

我「哼」一聲：「你們究竟在從事什麼實驗？」傑弗生的回答，大大地出乎我們兩人的意料之外，他以十分沉着的聲音答道：「我們在實驗一種可以使地球在不知不覺中毀滅的力量！」

我和張堅一呆，我們絕不以為傑弗生是在胡言亂語，因為這「空中平台」上的一切，都太先進了，凌駕地球上任何角落的科學成就之上！

我道：「你自己不是地球人麼？為什麼要毀滅地球？」

傑弗生道：「我只是尋找毀滅地球的方法，還不準備立即毀滅地球，只要地球上的首腦人物，肯服從我的命令的話。」

我道：「我不明白你的意思。」

傑弗生哈哈地笑了起來：「你不明白麼？一柄彈簧刀可以指嚇一個夜行人，令他將錢包交出來；同樣的，我們毀滅地球的法子，就可以威脅全世界，使世上所有的國家，都聽命於我們。」

我冷冷地道：「你們究竟是什麼人？」

傑弗生道：「是我和我的朋友，你沒有必要知道。」

我想多了解一些他們的情形，又道：「你們所有的一切，全是地球上的科學家所不能達成的東西，你們真的是地球人麼？」

傑弗生又笑了起來：「當然是，我的家鄉在南威爾斯，我是牛津大學的博士，又曾是美國麻州工學院的教授，你說我會是別的星球上的怪物麼？」

我冷冷道：「那倒難說，我以前遇到一個土星人，他甚至是我在大學中的同學。」

傑弗生大笑了起來：「土星人，哈哈，土星人，這太可笑了！」他這句話講完之後，便寂然無聲了。我連問他幾句，都得不到他的回答。

張堅也大聲地叫嚷着，不久，我便發現我們的叫嚷，實在是一點用處也沒有的。

我勸張堅冷靜了下來，仔細地檢視着這間房間中的一切，看看可有出路。雖然衝出了這間房間之後，我們仍然是在三萬五千尺高空，但是總比困在這一間房間之中好得多了。

我費了一小時之久，除了發現了一些電線似的東西，和我不明白的一些儀器表之外，別無發現。我發覺門、窗都是絕不可破的，而且整幅牆壁上，都像是有無數的小孔，新鮮的空氣自這些小孔中透入，起着調節的作用。

這裏的一切，可以稱得上是天上人間，但如今我們卻是被軟禁的人，我們的心情焦急難耐，一點也感覺不到這裏的好處。

我們一籌莫展，過了四個小時，才又聽到傑弗生的聲音。他道：「張博士，或許我的話，不能令你信服聽從，但是你的一位老朋友來了，他的話，我相信你一定肯聽的了？」

張堅怒意沖天，道：「你別見鬼了，在你們這裏，我怎會有老朋友？」

張堅的話才一出口，便有一個美國口音道：「張，你怎麼罵起老朋友來了。」

張堅陡地站了起來，他面上的神情，驚喜、恐駭，兼而有之，我忙道：「怎麼了？」張堅根本沒有聽到我的話：「是你麼？羅勃，這……是怎麼一回事？」

那口音笑道：「所有的人都認為我已經死了，是不是？」隨着那口音，門打了開來，一個精力充沛的人走了進來。

他約莫三十出頭年紀，身子結實，一頭紅髮，張堅面上的神情更是驚愕，他望了望那美國人，又望了望我，忽然道：「在高空爆炸的飛機中，可能有生還的人麼？」

那美國人笑道：「可能的，我就是。」

張堅搖着頭，難以說得出話來，我看出張堅的精神，十分紊亂，忙走到他的身邊：「張堅，這個人究竟是怎麼一回事？」

張堅道：「他是一個已死了的人。」

我忙道：「別胡說，他正活生生地站在我們的面前。」

張堅仍然堅持道：「羅勃是死了的，三年前，他因公旅行，他搭的客機在紐西蘭上空爆炸，據目擊者的海軍人員報告，爆炸一起，整架飛機，便成了碎片，機上四十餘人，自然毫無生還的希望，羅勃也是其中之一，可是，他……你能說他未死麼？」

一架飛機在空中爆炸，火光一閃，飛機成了碎片，裏面的人，自然毫無生還的希望，從張堅面上的神情看來，站在我們面前的人，的確是羅勃。

我低聲道：「他可能是羅勃的孿生兄弟。」

站在我們面前的那個「羅勃」哈哈大笑了起來，道：「張，你可還記得，我那次因公旅行，在你送我離開基地時，你託我在經過紐西蘭克利斯丘吉城的時候，要我去問候慕蘭麼？」

張堅的面上，立時紅了起來。「慕蘭」是一個女子的名字，看情形還是張堅的好朋友，所以張堅聽了，面上會發紅起來。

但是張堅的面色，立時又變成煞白，他馬上的道：「你，你……真是羅勃，羅勃．強脫？」

對方的回答是：「不錯，我就羅勃．強脫。」

張堅嘆了一口氣，雙手捧着頭：「這怎麼可能，這怎能使我相信！」

羅勃笑道：「你怎麼啦，你看到我活生生地站在你的面前，還不信麼？」

張堅揮着手：「你是怎麼到這裏來的？」

羅勃笑道：「我當時甚至不知道飛機起了爆炸，我只覺得突然地，我的身子，被什麼東西托住了向上飛來，接着，我便穿過雲層，來到了這裏。」

羅勃正在講着，傑弗生已推門進來，接口道：「在爆炸發生時，我遙程指揮一塊飛行平板，將強脫先生載了出來，我們從此成了好朋友。」

我冷冷地道：「飛機上還有四十餘人？」

傑弗生攤了攤手，並不出聲。

我正視着他：「那些人被你謀害了，因為你要得到羅勃，所以你令那架飛機爆炸，是不是？」

傑弗生又聳了聳肩，仍是不出聲。

我知道我是料對了，傑弗生是一個魔鬼，他有着超人的學問，也有着非人的狠心。我幾乎又想撲過去打他，但是，羅勃卻作了一個手勢：「我們如今是三個人，我，和另一位世界著名的地質學家，藤清泉博士，我們由傑弗生教授領導。」

藤清泉博士，那可以説是日本的「國寶」，誰都知道日本是火山國，火山爆發，地震是最常見的事，而藤清泉博士，正是火山學、地質學的專家，世界性的權威，他是在三年前，巡視一個大火山口時，突然失蹤的，一般的推測，是他不慎跌進了火山口中，因而喪生，卻想不到他也給傑弗生召了來。

我冷笑道：「我不信藤清泉博士會高興在這裏。」

我的話才一出口，便聽到一個蒼老的聲音，傳了進來：「我高興的，年輕人！」

接着，一個身材矮小的老者，便走了進來，他額上的皺紋，多得出奇，一望而知是一位博學的長者。我忙道：「藤博士，我素仰你的大名，你以為發一個野心的夢，是很高興的麼？」

藤清泉不悦地道：「年輕人，我不明白你在説些什麼，我只知道我在從事的工作，可以使地球得以保存，人類得以不滅！」

藤清泉説來十分正經，絕不像是在兒戲，我心中不禁奇怪了起來：到底他三個人在這裏鬧什麼花樣呢？傑弗生道：「簡單得很，張先生，衛先生，我要你們兩人，參加我所領導的工作。」

我立即道：「要我拿彈簧刀去指嚇一個夜行人？這種事情我不幹。」

傑弗生道：「事情絕不那麼簡單，正如藤博士剛才説的，我們可以説是在拯救地球。」

我搖頭道：「那便輪不到我了，你們都是第一流的科學家，而我的科學常識，卻還停留在中學生的階段。」

傑弗生道：「正因為我們全要專心致力於研究，所以有許多事情，我們便難以辦得到，這許多事情，需要一個異常能幹、勇敢的人去辦，衛先生，你可以說是我們的好運氣，是最恰當的人選了。」

我搖頭道：「請別給我戴高帽子，我不是你們所要的人，我不想在你的空中王國中作大臣，我只想要回去，回地上去！」

傑弗生的面色沉了下來：「你不答應？也好，等我們的實驗告成之後，你可以回地面上去。」

我怒意沖天：「你們的實驗，什麼時候——」

然而，我的話還未說完，便住了口。

因為就在這時，有兩個矮子，向房中直衝了進來，來到了我的面前。

那兩個矮子，是戴着銅面罩的，我已經知道這樣的矮子，全是受電子腦控制的機器人，準確地說，「他們」是受傑弗生直接控制的，「他們」所說的英語，如此純正，和傑弗生所講的，幾乎完全一樣，自然也是這個道理了。

我自然不知道這兩個機器人衝到我面前來的真正用意，但是我看到房門開着，這卻是我衝出去的一個機會。我不知衝出去之後，下一步如何，但總比關在密室中來得好一些了。

我雙手一分，待將面前的兩個「人」推開。可是，就在我的雙手剛一接觸到那兩個「人」的「身體」之際，我突然覺得全身一麻，似乎有一股強烈的電流衝進我的身體。

在那一瞬間，我只聽得張堅和藤清泉博士兩人，都發出一下驚呼聲，我自己則看到，在我的身體之上，迸起了一陣淺藍色的，十分美麗的火花來。

緊接着，我眼前一黑，便什麼也不知道了。

等我再醒來的時候，我首先感到我是躺在一個十分柔軟的東西上面。我睜開眼來，卻又什麼都看不到，只看得到白雲，我實是難以明白那是怎一回事。

我勉力定了定神，將我和張堅兩人的飛機，被神奇地吸上來開始，一直到昏了過去的事，想了一遍。我當然是昏了過去之後被移來這裏的了。

我看來是躺在雲上，但是雲的上面可以躺人麼？還是我已經成了靈魂，所以輕若無物呢——在這種奇異的遭遇之下，的確會使人想入非非的。

我又花了近十分鐘的時間，才弄明白我是在一個「泡泡」之中。那個「泡」，像是肥皂泡，我就像是困在肥皂泡當中的一隻小蟲，在「泡」外，是厚厚的白雲，「泡」是一層透明的，看來十分薄的東西，但是它有彈性，十分堅韌。

我抓得住這層東西，將它撕、拉、用足踏，用力地踢，它卻只是順我施的力道而變形，但是卻絕不破裂，等我不用力時，它便回復了原形。我真懷疑我是如何進入這「泡」中來的。

鬧了好一會，我放棄了撕破這層透明薄膜的企圖，又躺了下來。

老實說，如果不是那種情形之下，躺在那層薄膜之上，那比任何軟膠牀都來得舒服，我躺了片刻，忽然想起了火！

這層薄膜可能怕火，我連忙摸出了打火機，打着了火，但是，我卻又吹熄了火頭。

當然，有可能打火機一湊上去，那層薄膜立即便化為烏有，但是，我將怎樣呢？如今我的四周圍全是厚厚的白雲，我是仗這層薄膜承住身子的。

如果薄膜一破，我會跌到什麼地方去呢？

可能下面，就是那座空中平台，也有可能，我會自三萬五千尺的高空，直向下跌去。雖然我渴望回地面上去，但是這樣的方式，我還是不敢領教的。

我試圖弄清楚，這一個將我包圍住的大泡泡，是怎樣會停在空中的。

我沒有法子看到任何東西，在大泡泡外面，就是濃厚的白雲，我站了起來，我的整個人，便陷入了下去，那層薄膜貼着我的臉，我抓住了那層薄膜，向上爬去，爬高了幾步，我開始向外摸索。

但是我卻摸不到任何東西，那個大泡泡像是自己浮懸在空中一樣。

我心中暗忖如果這時有什麼人看到我，那麼看到我的人心中不知有什麼感覺，我還算是一個人麼？還是只是一隻小飛蟲呢？

我將打火機在手中玩弄了許久，終於下定了決心，將之向那層薄膜上湊去。

在那一瞬間，我的心中，實是緊張到了極點！

火頭碰到了那層薄膜，在幾乎不到一秒的時間內，整層薄膜，都化為紅色，我的身子立即開始向下跌去，我雙手揮舞，想抓些什麼，但是卻又沒有東西可供抓手，絲絲白雲，在我的指縫中溜走，很快地，便穿出了雲層，看到了青天。

我真奇怪，在那時候，我的心中，竟出奇地鎮定，我抬頭向上看去，一大團白雲在空中停着，我知道在那團白雲之中，有着一座空中平台。

向下看去，是一片白色，那是南冰洋和南極洲的大陸，不論是海是陸地，在南極都是白色的。

我身子下墮的速度愈來愈快，不到一分鐘，那種高速度的移動，已使我的心房，劇烈地跳動，使我的耳朵發出了轟鳴聲。

也就在這時，我看到一隻海龜也似的飛船，向我飛了過來，繞着我轉了一轉。從飛船中傳來傑弗生的聲音：「你願意回地面去，還是參加我們？」傑弗生錯了，他以為在這樣的情形下，我一定會向他屈服了。

他的錯在兩方面，一方面是他以為我會屈服，二方面是他以為我還能開口答他。事實上，沒有一個人能在這樣高速的下跌中開口講話的，我已下跌至少有五千尺，試以加速度公式計算，我此際下跌的速度，是何等地驚人！

傑弗生的聲音，仍不斷地從飛船中傳了出來，而我則不斷地向下落去，漸漸地，我只覺得我的面上，如同刀割一樣地痛，我的腦子像是要突破腦殼而迸濺出來，我的耳際，只聽得一陣一陣，如同天崩地裂也似的聲音，傑弗生在說些什麼，我根本聽不到了。

在我覺得再難忍下去之際，我突然覺得下降之勢，在驟然間停止。

那種高速度的下降，使人感到難忍的痛苦，而在高速的運行中，突然停止，那種痛苦卻更是驚人，剎那之間，我的五臟六腑都在我的體內翻騰！

我相信如果我不是受過嚴格的中國武術訓練，而又鍛煉有素的話，我一定會昏過去了。

而就是這樣，我也經過了一分鐘之久，才看清楚了那隻飛船。

那隻飛船又在我伸手可及之處，從飛船中突出了一塊圓形的布網，將我兜住，那布網閃閃生光，看不出是什麼質地，但是一定極其韌性，因為我剛才跌進網中的時候，只感到突然停止，並沒有感到疼痛，我耳際又聽到了傑弗生的聲音：「高空的旅行，不怎麼舒服吧，你到底還要我救你。」

我向下看去，飛船在南冰洋的海面上飛行，距離海面，不會高過一千五百尺，因為我可以看到一隻一隻蹲在飄動的冰塊上的海豹。

我忽然想到，我既然能夠忍受下落了三萬多尺，再下降千來尺，當然也不算什麼。下面是海，我跌下去不會喪生的，我可以游上岸去，慢慢再想辦法。

我何必要向傑弗生屈服呢？

我迅速地轉着念，冷笑道：「我曾要你來救我麼？」

傑弗生的聲音之中，帶着怒意：「如果你不要我救，你可以跳下去。」

我冷笑：「當然我可以跳下去，但是卻會有自以為是的人，又將我接住的。」

傑弗生的聲音更怒：「絕不！」

我站了起來，作了一個跳水的姿勢，身子一聳，向下猛地跳了下去。

我抬頭向上看時，只看到那艘飛船以極高的速度，沖天而去。

而當我再向下看時，海面已十分接近了。恰好有一大塊浮冰，正在我的下面。我只好祈禱上帝，因為我如果落在海水中，我可以有一成生還的機會，而如果我跌在冰塊上的話，我生存的機會是等於零！

那塊浮冰很大，它什麼時候才飄出我跌下去的範圍之中呢？

我閉上了眼睛，不敢看，聽憑命運來決定，終於，「通」地一聲，我感到了刺骨的寒冷，我立即睜開眼來，水是異樣的綠色。

我連忙浮上了水面，那塊浮冰，在我三十公尺之外，這時，我又嫌它離我太遠了，我連忙游向那塊浮冰，當我爬上浮冰的時候，我的身上硬綁綁地，已經結了冰，而我的身上，猶如千萬柄小刀在切割一樣，那是冰，像利刃一樣的冰棱。

我爬上了浮冰，倒在冰上。

我實在不想動，但是我知道，如果我倒着不動，那我就再也沒有動的機會了！我掙扎着站了起來，在站起來的時候，我的身上，響起了「鏘鏘」的聲音，一片片冰片，自我的身上向下落來。

當我搖晃着身子，好不容易站定了的時候，我看到一堆雪，向我緩緩地移近來，我以為我是眼花了，我揉了揉眼睛。

我的確是眼花了，向我緩緩移近來的，並不是一堆雪，而是頭白熊。這是一塊在海面上飄流的浮冰，上面怎會有一頭白熊，這是我所不能明白的事。

然而我卻知道，白熊是一種最兇猛的動物，尤其當牠在飢餓和受傷的時候，兇性大發，那簡直是最可怕的東西。

（一九八六年按：這一段，就是衛斯理故事中的著名笑話：南極的白熊。

南極是沒有白熊的，早就應該改去這一節，但還是不去改它，這是少有的固執，正是衛斯理的性格，所以，才更值得保留。）

如今，在向我移近來的那頭白熊，肚子顯然不飽，而在牠的兇光四射的眼睛中，也找不到任何友善的影子，牠之所以和我絕不能和平相處，乃是再明顯不過的一件事實了。

而事實上，白熊在浮冰上之需要我，和我之在浮冰上需要白熊，是完全一樣的，就算那頭白熊願意和我和平共處，我也不會接受的。

因為在這塊浮冰上，我生存的機會接近零。

但如果我能夠殺死這頭白熊的話，那麼我生存的機會，便可以提高到百分之三十左右了。

我站着，白熊在來到了離我五六步左右處，蹲下來不動，我身上寒冷的感覺已一掃而空了，只覺得身子在發熱，我已取了一柄鋒刃約有八寸長的彈簧刀在手，並且彈出了刀身。

一柄八寸長的彈簧刀應該是一柄十分厲害的武器了，但也要看你是對付什麼樣的東西。它用來對付一頭美洲黑豹，也是足夠的了，但是白熊，牠的脂肪層便厚達四寸至五寸！我不禁苦笑了一下，但這是我唯一的武器，我難道能用凍得麻木的雙手去對付牠麼？

白熊在我的面前，蹲了約莫兩分鐘，才伸出了前爪，向我的身上抓了一抓。

那顯然是牠不能確定我究竟是什麼東西，而在試探，我站着一動不動，牠的利爪「嗤」地一聲響，將我胸前的衣服，抓去了一大片。

我仍然站着不動。熊是一種十分聰明的動物，要騙過牠並不是容易的事情，但是卻也不是騙不過的，只要你夠膽大、夠鎮定。

白熊將抓到在手中的那一大片衣服，送到了鼻子之前嗅了一嗅，發出了一下失望的低吼，轉過身去，就在牠一轉過身去的時候，我猛地跳起身來，騎到了牠的背上，彈簧刀迅速地起落，在牠的脖子上，一連刺了三下，三下都是直沒至刀柄的。

然後，那情形和世界末日來臨，也相差不遠了，白熊發出驚天動地的怒吼聲，將我從牠的背上，摔了下來，我在冰上滾着、爬着，逃避呼嘯着、飛奔着要來將我撕成碎片的白熊。

足足有半小時之久，或者還要更久些——在那樣的情形之下，誰還去注意時間呢？白熊的身上，已染滿了血迹，牠倒了下來。

我則拖着筋疲力盡的身子，遠遠地看着，喘着氣，等到我的氣力又恢復了一小時，我又躍向前去，將刀鋒在牠的背上剛出一條又深又長的口子，白熊的四爪揮舞着，厚厚的冰層在牠的四爪握擊之下，出現了一個又一個的坑洞，牠的生命力竟如此之堅韌，我實是不知道我自己是不是等到牠先死去。終於，白熊不動了。

我還是不敢接近牠，直到自牠脖子上的傷口處冒出來的已不是鮮血，而只是一串一串紅色的泡沫時，我才向牠走了過去。

白熊顯然已經死了，我以刀自牠的頸下剖起，用力將熊皮剝了下來，又割下了幾條狹長的皮來，將整幅皮紮成一件最簡單的衣服，然後，除去了我身上的「冰衣」，將一面還是血肉淋漓的熊皮，披在身上，並且緊緊地紮了起來。

在身上紮了熊皮，我便不再感到那麼寒冷了，我切下了兩塊熊肉來。

火炙熊肉，乃是天下美味，但是我現在卻只是生啃白熊肉，那味道絕不敢恭維。

但是我知道，如果我肚中不補充一些東西的話，我將會餓死！我估計這頭白熊，可以給我吃上十天左右，十天之後我將如何呢？我不敢想，但十天之中，可以發生許多事情了，可以有許許多多希望。

我靠着一塊冰，坐了下來，這時候，我什麼都不想，只想吸一支煙。我記得我袋中是有煙的，我連將忙將之取了出來，可是那是結了冰的煙絲！我小心翼翼地弄下了半枝來，放在掌心上，讓太陽曬着，這時，恰好是南極漫長的白晝開始的時候，整整半年，太陽是不會隱沒的，太陽的熱度雖然等於零，但煙還是慢慢地溫了，又由溫而漸漸地乾了。

我的打火機早已失靈，我又將一塊冰，用力削成了凸透鏡的形狀，將太陽光的焦點，聚在煙頭上，拚命地吸着，奇蹟似地，我吸到了一口煙。

得深深地吸着煙，享受着那種美妙無窮的感覺，我深信世界上從來也沒有一個人，以那樣的辛苦代價而吸到半支煙，也沒有哪一個人，能夠在半支普通的香煙上，得到那麼大的享受過。

（一九八六年按：吸煙，是一種過了時的壞習慣！）

在吸完了那半支煙後，我便沒有事可做了，我裹着熊皮，坐在冰上，抬頭向天上看去，天上許多白雲，有的停着不動，有的以極慢的速度在移動着，從下面看上去，我絕對無法辨得出那一塊白雲之中，隱藏着傑弗生教授的空中平台。

由於全是白天，太陽只是在頭頂作極小程度的移動，而我又沒有在南極生活的經驗，我不知道時間，也不知道日夜，我只知道當餓至不能再餓時，便去啃生熊肉——我試圖利用冰塊，以聚焦的辦法來烤熟熊肉，但是卻失敗了，熊肉在略有溫度而仍是生的情形之下，更加難吃！

我不敢睡得太久，因為人在睡眠的時候，體溫散失得快，容易凍死。我只是在倦極的時候，勉強睡上半小時，然後便強迫自己醒來。

我就這樣維持着生命，直到那塊浮冰，突然不動，而向前看去，只看到一片雪白的冰原，海水已只是在我身後為止。

我向前看去，看到有幾隻企鵝，正側着頭，好奇地望着我。我苦笑了一下，心中想：至少我可以換一下口味了：生企鵝肉！

我換上了自己的衣服，但是將那熊皮捲了起來，又提上了一條熊腿，開始踏上了冰原。

企鵝見了我並不害怕，反倒一搖一擺地圍了上來，我輕而易舉地捉住了一隻，喝着牠的熱血——這使我舒服了不少，因為這是不知多少日子來，我第一次碰到的熱東西。

我向前走着、走着。遇救的希望是微乎其微的，但是我卻不能不走。

永恆的白天，給我心理上的安慰，因為一切看來只不過像是一天中的事——

這使人較有信心。

我抬頭向前望去，冰原伸延，不知到何時為止，那種情形，比在沙漠中還可怕得多，當然，在冰原上，不會渴死，不會餓死，不會被毒蠍毒蛇咬死。但是在沙漠中有獲救的希望，在冰原上，你能獲救嗎？

我一想到這一點，不禁頹然地坐了下來，痛苦地搖了搖頭。

也就在這時候，我聽到了一陣尖利之極的呼嘯聲自前面傳了過來。那種呼嘯聲的來勢，當真是快到了極點，，當我抬起頭來觀看的時候，剎那之間，我產生了一種錯覺，像是有千萬匹白馬，一起向我衝了過來一樣。但冰原上當然不會有那麼多白馬的。

當我弄清楚，那是南北極冰原上特有的磁性風暴之際，我的身子，已經被裹在無數的冰塊、雪塊之中，像陀螺也似地在亂轉了。

我不能看清任何事物，我也不能做別的事，只能雙手緊緊地抱住了頭，這樣才不至於被移動速度極高的冰塊擊中頭部而致死。

我身上的熊皮，早已隨風而去了。當我的身子不支的時候（那至多只有一分鐘），我便跌在地上，我的人像是一堆雪一樣，被暴風掃得向前滾了出去，我掙扎着雙手亂摸着，想抓住什麼東西，來阻止我向外滾跌出去的勢子，但是我卻辦不到。

我心中暗叫道：完了，完了！當若干日，或是若干年後，有人發現我的時候，我一定已成了一具冷藏得十分好的屍體了。

我正在絕望之際，突然間，我發覺我身邊的旋風，已突然消失了，而我則正在向下落去。

在剎那間，我實是不明白發生了什麼事情。

我知道，冰原上的那種旋風，襲擊的範圍並不大，只要能夠脱出它的範圍，那麼，你就可以看到它將冰雪捲起數十丈高的柱子，向前疾掠而去的奇景。

而我剛才，則是不幸被捲進了風柱之中，何以我竟能脱身呢？

但是我立即明白了，因為我定了定神，發覺自己正向下落下去，而兩旁則全是近乎透明的堅冰。我明白，我是跌進了冰層的裂縫之中。

我雖然從來也未曾到過南極，但是卻也在書本上得到過不少有關南極的知識，冰層的裂縫，深不可測，像是可以直通地心一樣，不少探險家雖然會冒險下冰層的裂縫中去探索，但因為裂縫實在太深，也沒有什麼人知道裂縫的下面，究竟有些什麼。

這時候，我之所以能如此快地便作出了判斷，那是因為我抬頭向上看去，看到了旋風已過，而頭上是窄窄的一道青天之故。

在冰層的裂縫之中跌下去，那並不比被捲在旋風之中好多少，但是，我卻立即發現，在裂縫的一面冰壁上，懸着一條已結滿了冰的繩子。

這條繩子，給了我以新的希望。

它可能是探險隊的人員，曾經探索過這道裂縫而留下來的，我的腳在一塊冰塊上用力一蹬，那股衝力，幾乎令我的腿骨斷折，但卻使我在一伸手間，抓到了那股繩子。我抓到了那股繩子之後，下降的勢子，並未能停止，因為繩子上結了冰，又滑又硬，我雙手等於握住了一條冰條，卻沒有法子使自己的身子不繼續向下滑去。

這時，我的身上，開始有了一些暖意。

第四部

冰縫下的奇遇

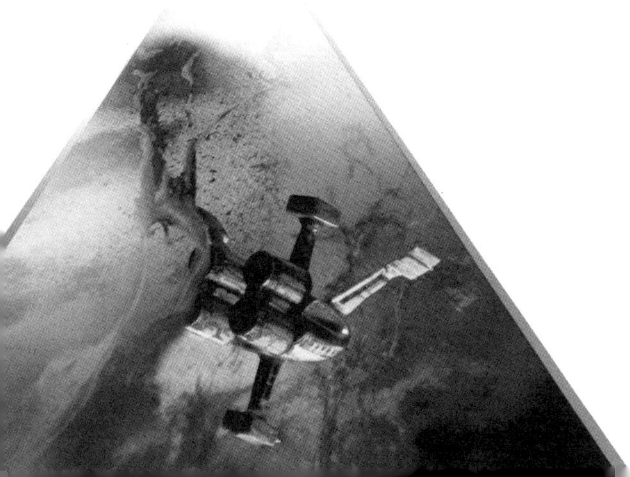

當然，冰層裂縫之中，溫度至少在攝氏零下十五度左右。攝氏零下十五度是嚴寒，但比起冰原上的零下三四十度來，卻好得多了，而且更主要的，是裂縫中沒有寒風吹襲，人的體溫，不至於迅速消散。

我向下看去，晶瑩的冰塊，起着良好的折光反光作用，我可以清楚地看清下面的情形，我看到：繩子已快到盡頭了！

向下看去，下面閃着陰森森的寒光，不知還有多麼深，我若是滑跌下去，那是再也不能夠找到繩索的了。我竭力想止住自己向下滑的勢子。

然而，那繩索上的冰，厚達半吋，滑溜到了極點，我竟不能夠做到這一點！

眼看我身下的繩索，愈來愈短，十尺……八尺……五尺……三尺……我是非跌下去不可的了，但是，突然我看到，在繩子的盡頭，有一個冰球。

我連忙雙腿一曲，兩隻腳在冰球上踏了一下，雖然冰球也一樣十分滑，沒有法子立足，但是我下滑的勢子，總因此阻了一阻。

當我雙腳從那冰球上滑開，我身子又向下落去的時候，勢子已慢了許多，我的雙手，緊緊地握住了繩子，在滑到冰球上的時候，我下滑之勢，也就停止了。

我人吊在半空中，下面是深不可測的深淵，我的雙手，早已凍得僵了，但是我的十根手指，卻緊緊地握住了那根繩索。人的手指本來是十分有用的，但從來也未曾有用到像我如今這樣過，因為如今，手指若不能繼續抓繩索，就是等於是我不能活下去！

我吸了一口氣，首先我看到那個繩索盡頭的冰球，原來是繩索的盡頭處打了一個結，而冰在這個繩結上凝結而成的。

我心中暗暗感謝那個留下繩索，並在繩索盡頭處打上一個結的探險隊員，若不是他，我這時已不知跌到什麼地方去了，那道冰縫，看來像是直通地心一樣的深。

我竭力定了定神，我如今還沒有死，那當然是說，我還能夠爭取更好的處境。

向上爬去？繩索上全是滑溜溜的冰，那幾乎是沒有可能的事情，我只得打量冰縫兩面的冰壁，冰壁直上直下，陡峭無比。

堅冰是近乎透明的，閃耀着種種難以形容的奇異光彩，那是一種只有童話中才有的境界。我打量了片刻，發現我的腳下兩尺處，有一塊大冰，突出在冰壁之外。

如果我輕輕落下，是可以在這冰塊上，站住身子的，那比吊在半空好得多了，於是，我先鬆開了一隻手，接看，又鬆開了另一隻手，使身子保持着最慢的速度，落了下去，我在這塊冰塊上站定了。

我站定之後，第一件事，便是將我的雙手，放在口前不斷地呵着。但是我並沒有呵了多久，因為在我的眼前，出現了我意想不到的奇景。

就在我站立的那塊冰塊之前，又有一道十分狹窄的裂縫，那裂縫不過五公尺深，在前面，竟是一個冰洞！

在冰壁中有一個冰洞，那本來不是什麼出奇的事，因為可能當數十萬年前，冰層形成之際，恰好有一團空氣被結在冰中，形成一個洞，過了若干年後，空氣又因為地殼的震動，奪圍而出，那就形成冰洞了。

而如今，令得我大奇特奇的是，我向冰洞中看去，竟可以看到冰洞之中有人影！

雖然我還看不清楚，因為冰的折光，使我的視線產生許多近乎幻覺的怪影，但是我可以肯定，我看到了人影！在那一剎間，我心中的喜悅，實在是難以形容的。

我衝了過去，由於冰太滑，我才衝出了一步，便已跌倒，但是我向前的衝力還在，我人倒在冰上，仍然向前滑去，轉眼之間，我便來到了冰洞之中。

那時，我不但看到了人，而且還看到了別的東西。

那是一具如同電腦似的大機器，排列在一面冰壁前，如同兩隻大櫥，在那具大電腦之前，則是兩張椅子，一張椅子上坐着一個人，背對着我，手還放在電腦的一個按鈕上。

另一張椅子空着，在那具電腦之前。

另有一個人站着。那人不是站着的，他的身子恰好倚在電腦的一條操縱桿上，是以他才得以不倒。

在那具大電腦之側，另有一張平台，上面放着許多雜亂的東西：紙張，筆，一疊一疊的文件，以及幾件看來如同電爐似的東西，和幾隻大紙盒。

這一切，使這個冰洞看來，像是一個控制室。它是控制着什麼，我當然無從知道。我呆了一呆，向那兩個人打量了一下，那兩個人的身子十分矮，頭上戴着如同潛水人也似的面罩。

他們的背上，則揹着一排管子，像是身上繫着幾根烈性炸藥，自他們的面罩中，有喉管通向後面的管子，好像那一排管子中裝的是氧氣，以供呼吸。但在我當時的感覺來說，我卻覺得冰洞中的空氣，雖然寒冷，但是很好。

我第一個印象是：這兩個人已經死了。

但是，我立即啞然失笑，因為這兩個人的外表形狀，和我在傑弗生教授所主持的空中平台上看到過的機器人完全一樣。機器人是根本沒有生命的，何所謂生死？

接着，我心中又產生了新的恐懼，新的失望，因為我經歷了如許的奇險，竟仍然未能逃脱傑弗生教授的控制，這兩個機器人，看來又要以極其純正的英語，來嘲笑我的失敗了。

我站立着不動，等着。

而那兩個機器人，看來也絕沒有動上一動的意思。

我望着它們一會，我感到眼前這兩個人和空中平台上的機器人，有着不同的地方，那便是它們的面具上，有喉管通向背後負着的鋼管。

假定它們背後所負的鋼管中所裝的是壓縮氣體的話，那麼也就是説：它們需要呼吸。

由電子管和複雜的線路所做成功的機器人，難道需要呼吸麼？

我的心怦怦地跳了起來。

看來，在我面前，一個坐着，一個站着的那兩個身形矮小的人，並不是什麼機器人。

當時，我不知基於什麼原因，我只是下意識地感到，如果這兩個不是機器人，而是有生命的人的話，那他們一定不是地球人。

我想，我忽然會有如此念頭的原因，不外乎兩點：其一，我相信空中平台上的那些機器人，是這兩個人所製成的，因為機器人的形狀，和他們完全一樣，矮小人穿着橡皮衣服，戴着銅頭罩。如果地球人做出了最精密靈巧的機器人來，形狀一定也像是地球人，而不會做成這樣矮小的身形的。

我那樣想法的第二個原因，是因為這一切，都遠超乎地球上的科學成就。那一大具電腦，固然是地球上已有了的東西，但是沒有電，電腦等於廢物，在冰洞中，我看不到發電機，也找不到電源，那也就是説，有另一種能，在供應着電腦所需，地球人已進步到了這一點了麼？

我呆立了許久，才道：「先生們，我來了，你們沒有絲毫表示麼？」

那兩個人仍然保持着原來的姿勢不動。

我的思想，又回到了我第一眼見到他們兩人時的第一個想法上，這兩個人已經死了。

我大着膽子走向前去，我先到了那個站着的人面前，輕輕地推了一下，那人的身子搖了一搖，便砰地倒在冰上了。

這時，我也看到桌上的紙張上，滿是我所絕對看不懂的符號。但是，卻意外地有着一大疊英文報紙。英文報紙的年份，是一九〇六的，我連忙走了過去，略翻了一翻。

幾乎所有的報紙，全是記載着那一年美國三藩市大地震的事情的，有圖片，有文字，那些房屋傾圮，傷者斷腿折臂，死者被人從瓦礫堆中掘出來，死者的家屬，僥倖生還者搶天呼地的號哭着，總之，一切悲慘的鏡頭，全看得人心情沉重之極。

而有幾個特寫的鏡頭，一個是老婦，還有一個則是小女孩，兩人的年紀至少相差六十歲，但是她們臉上的神情卻是一致的，那是一種毫無希望、痛苦之極的一種神情！

一看到那種神情，使人有如置身於地獄之中的感覺，心頭的重壓極重，極不舒服。

我連忙放下報紙，不再去翻閱，我不明白為什麼這裏的兩個人，對當年的三藩市大地震這樣有興趣，因為這一大疊報紙，可以說是當年三藩市大地震之後，最完善的資料了。

我又轉過身來，去看那兩個人。

這時，因為我在那張大平桌面前，所以，當我轉過身來之後，我一伸手便可以碰到坐在電腦機前面椅上的那個人了。

我心中在想着：他們是不是地球上的人呢？

我接想着：這是很簡單的，我只消將他們的面罩揭開來就行了，別個星球上的人，和地球上的人多少會有些不同吧。

我得首先弄清這兩個人是什麼，然後才能弄清他們在這裏作什麼？我伸手握住了那坐在椅上的人的銅面罩，用力向上一揭。

也許是我的這一揭大力了些，也許是那條喉管在寒冷的空氣中太久，因而變得脆弱了，當我一揭的時候，喉管斷了，一股綠色的氣體，冒了出來，我立即聞到了強烈的氯氣味道。

我吃了一驚，連忙向後退去。

那是氯氣，它的顏色和氣味，都可以使我作如此肯定的判斷。

而氯氣是有毒的，所以我連忙向後退去。

氯氣比空氣重，綠色的氣體，自那喉管中冒出了之後，便向下沉去，在地面上，向外面移動了開去。

氯氣並不太多，大約聚成了圓圓的一片之後，便停止了。

於是，我抬頭去看那個人。

當我一看到那個人的臉容之際，我猛地怔了一怔。然後，我忍不住低呼：

我的老天！我連忙轉過頭去，心頭突突亂跳！

我寧願自己永遠沒有揭去過那個人的銅面罩！那是一張什麼樣恐怖的臉面！直到如今，我要將之再形容一遍，那也使得我渾身起雞皮疙瘩，感到噁心。

我可以肯定還是一個「人」——在這裏，我是將「人」這個字，作為一個星球上最高級的生物代名詞來使用的——因為他有着如地球人似的五官。但是他的臉，卻是暗綠色的！

我相信因為他已死了，所以他的面色更難看，但是他如果在生，他的面色一定也好看不了，那可能是鮮綠色，因為我知道他們呼吸的，並不是如同地球人呼吸氧氣，他們是呼吸氯氣的。

那人的兩隻眼睛，幾乎佔據了額角的一大半，他的口，小而尖，他有耳朵，卻和地球人差不多，那是一張在一看之後，能令你一生之中不斷做噩夢的可怖怪臉！

當時，我轉過了頭，好久轉不過來，我實是沒有勇氣再向這樣的一張怪臉看上第二眼！

我心中在想，這個人，一定是來自一個遙遠的星球，樣子和地球人近似，而這個「人」，所呼吸的是氯氣！

我取起了一張報紙，遮住了我自己的臉，踏前一步，再將報紙蓋在那個「人」的頭上，使我可以不看那張怪臉，然後我才鬆了一口氣。

也直到那時，我才發現那人的手（是戴着橡皮手套的），手指是七隻，長而細，倒有點像觸鬚。我沒有勇氣去弄開手套看看那是不是觸鬚。

人是地球上的生物，他可以有勇氣去面對地球上最兇猛的人物，但是當你面對着一個來自其他星球的怪物時，便會產生一種神秘而奇異的感覺，使到你變成膽怯，不寒而慄。

我發現那「人」的手上，握着一張報紙，我的手指不由自主地微微發抖，我將那張報紙取了下來，紙上全是我看不懂的曲線。曲線是連續的，一行完了，又是一行，總共有四十七行之多。

在四十七行曲線的下面，則是兩行短曲線。

整張紙，乍看，像是一封信，信末有着兩人的簽名。但是，誰能看得懂那像是一個一個高低不同的三角和平圓組成的不規則曲線，是代表了什麼呢？

我當然可以肯定，這就算不是一封信的話，那些曲線，一定也是極其進步的一種文字，因為在乍看之下，它就像潦草的英文一樣。

我也可以肯定，在這張紙上所記載的一切，一定是極其重要的。

因為那個「人」緊緊地握着那張紙而死，我要用力扳開他那觸鬚也似的手指，才能將之取了下來。

我將那張紙小心地摺疊了起來，放在我內衣的一個小袋之中——那是我放寶貴東西的地方。

然後，我在那兩個人身上搜了一搜，在那個倒在地上的人的一個口袋中，我找到了一張照片，我向那張照片看了一眼，又不禁呆了半晌。

我知道，我如果形容那張照片上的情形，我一定會又泛起噁心而恐怖之感的，但是我如果不形容的話，那卻又對不起讀者了。

照片是捲成一捲放在那「人」的口袋中的。我將之展了開來，我所看到的東西，具有高度的立體感，絕不像是我們所能看到的普通照片。

我看到了一片綠色——全部是綠色，所不同的只是其綠色程度的濃淡而已。整幅照片全是綠色，在大量的淡綠色中，有許多濃綠色的東西，看來可以稱之為「樹木」，在那些「樹木」之前，有着三個「人」。

一個身材較高，頭上生出濃綠色的長髮，身上的皮膚，起着閃綠光的鱗甲——我沒法肯定那是不是衣服。而「他」的雙手，都有七根觸鬚似的東西，扭在一起。

在那個「人」的旁邊，是兩個較小的「人」，形狀和那個大「人」差不多。在照片的正角，有五個十分明亮的綠色圓圈，那不知是什麼東西。

整幅照片，愈看愈是具有立體感，而且，照片上的一切，像是不斷地在擴大，使看的人，也像是置身於那綠色的天地中一樣。

我連忙鬆了手，照片又捲成了一卷。

我不自禁地鬆了一口氣，四面看了一看，還好，四周圍的冰，仍然是晶瑩的透明，而不是那種令人窒息的綠色——那個充滿了綠色氣體的星球上的「人」，無疑是科學極其進步的「人」。

旁的不說，單是那張一看便具有如此立體感，再看便彷彿使你置身其間的照片，便不是地球人所能夠做得到的事了。

我相信那照片上的三個「人」，多半是那個人的家屬。我將他們兩個「人」，拖到了外面，推下了冰縫，許久許久，我還未曾聽到有重物碰擊的聲音，那冰縫竟如此之深，那實是我意料之外！

我又回到那個冰洞之中，那張平桌上的紙張上，不是奇怪的曲線，便是莫名其妙的符號，我翻了一翻，便放棄了研究，我又打開了那幾隻紙盒，紙盒中所載的，全是一塊塊一寸見方的綠色東西。聞了聞，有股濃烈的海藻味道。

我猛地醒起：這可能是他們的食物！

海藻的氣味並不難聞，比氯氣的味道好得多了，我能不能靠這種食物來維持生命呢？我拿起了一塊，它們出乎意料之外的沉重。那當然是經過濃縮提煉的。我已將那塊東西放到了口邊，卻陡地想起了那張可怖的臉容來，我不禁一連打了兩個冷顫：我吃了他們的食物之後，會不會變得和他們一樣呢？

我連忙放下了那塊東西。

我一連開了幾隻盒，裏面所放的全是同樣的東西。我的肚子雖餓，但是我卻不敢去嘗它們，因為我絕不能想像我的皮膚變成翠綠色，我的手指長得像觸鬚一樣，我怎樣能活下去。

我又踱到了那具大電腦機之前，揭開了一扇鋼門，裏面竟是一具畫面極大的電視機。

我無聊地扭動了畫面下的一個鈕，轉身過去。我扭動那個掣，原來是一種下意識的動作，絕不期望可以發生什麼變化。

可是，當我的身子，才轉到一半的時候，我便聽到了身後傳來驚天動地的轟轟聲，那種轟轟聲之驚人，我如今實是難以用筆墨來形容，那像是將你所聽過的最大的烈火轟發聲放大了一倍，又像是有幾萬幾億匹山一樣的巨獸，正在你的頭上踐踏着，更像是地球上所有的鼓手全都集中在一起，以他們的鼓聲，在震盪着你的耳膜，也像是所有的海水，移到了天上，而以一秒鐘的速度，再瀉向地面。

我被那種突如其來，如此驚人的轟發聲，驚至跌倒在地！

我的眼睛幾乎睜不開來！

我是在做夢麼？我看到了火，不，我不是在做夢，我的確看到了火，那還不是普通的火，而是灼白的、翻流的，放射出難以想像的強光的，發出如此巨大聲響的烈火，我本能地向後退去，怕那種烈火，會燒到我的身上來，使我在十分之一秒之內，變成灰燼。

然而，在我退出了兩步之後，我卻發覺冰洞之中，仍然冷得可以，我吐出的氣，仍然凝成乳白色。

我停了下來，我仔細地向前看去，我才發現我實在是太慌亂了，火是根本不會燒到我身上來的，因為那只是彩色電視上的東西。

我向前走了幾步，又動了一動剛才的那個掣，聲音聽不見了，可是畫面上那翻滾騰挪的烈火，卻還是繼續出現着。

我實是想不通，那樣驚心動魄的畫面，是從什麼地方攝來的！那像是一隻煉鋼爐的內部。當你透過藍色的耐高熱玻璃，去觀察一具煉鋼爐的內部之際，你將會看到類似的情形。

然而，一具煉鋼爐的內部，和如今我所看到的畫面，只是類似，而絕不相同，因為它們之間的大小，相去太遠了，你看到一盆海水，會聯想到海，但是一盆海水，怎能和大海相比呢？

在翻騰的烈焰之中，不時爆發出白亮的光芒，那種光芒，真的比閃電還亮！

我在注視了三分鐘之後，又按下了另一個掣，畫面迅速地轉為黑暗，但是我的眼前，仍是一片紅色，許久，我才可以看得清周圍的一切！

我直到這時，才能夠鬆一口氣，我實是不明白我剛才看到的畫面是什麼。

我更不明白何以那電視機的工作性能仍然如此之好，我也不明白那一大具電腦，還有些什麼其他的作用在內。

我知道這裏一定是蘊藏着一個高度秘密的地方。而且我可以肯定，這裏和我曾到過的那個空中平台，一定有着極其密切的聯繫。

說不定那個傑弗生教授，就是被這個星球人來的怪人所收買的地球叛徒。

我作了許多假定，都不得要領，當然我絕不能長期留在這冰洞中，我要攀上去，希望獲救。

我在冰洞中找了找，找到了一把鉗子，那可以供我敲落凝結在繩索上的堅冰，我臨走的時候，又忍不住扭開了電視機看了幾分鐘，電視機的畫面上，仍是難以想像，難以形容的烈焰！

我走出了冰洞，用鉗子將繩索的堅冰敲去，使我的手可以抓上去，然後，再一步一步地向上攀去。這是名副其實的艱難的歷程，我整個人幾乎都變成了機器的、本能的，我心中唯一所想的，只是向上攀去，向上攀去！

我終於攀上那道冰縫，再度倒臥在冰原上，陽光在冰原上的反光，使我的雙眼生出劇烈的刺痛，我閉了眼睛，抓了兩把雪，塞向口中，冰冷的刺激，使我的頭腦，略為清醒了些。我站起身來，向前走着。這時，我後悔為什麼不在冰洞中帶兩塊板出來，可以作為冰橇，當然，我是沒有氣力再下那冰縫去的了，我只向前走着，走着……

不知過了多久，我的神智已開始模糊，在我的眼前，產生出種種的幻覺，我看到前面的冰原上，有許多綠色的怪物在跳舞，在歌唱，唱的是我一點都聽不懂的怪調子，「軋軋軋，軋軋軋」，吵耳之極，接着，綠色的怪物不見了，一個龐大之極的怪物，卻自天而降。

那怪物有着如魚般的身體，但是在背部卻有一個大翼，正在旋轉着，慢慢地下降，生出極強烈的風來。

老天，那不是什麼怪物，那是一架直升機！

也就在那時，我忽然發現自己是睡在冰上，而不是站着，奇怪，我是什麼時候跌倒在地上的呢，我不是一直在掙扎着走路的麼？我勉強抬起頭來，直升機停下來了，機上有人下來。

下來的並不是什麼綠色的怪物，而和我一樣的地球人。

他們一共有兩個，迅速地奔到了我的身前。

我聽得他們叫道：「是人！」「這是不可能的！」「他是人！」接着，又有一個人奔了過來，喝道：「快將他抬上直升機去。」

我的身子被他們抬了起來，抬着我雙腳的那個人道：「他已經死了麼？」

我幾乎要大聲罵他，但是我的口唇卻凍住了，講不出話來，另一個人道：「可能還沒有死，你看，他的眼睛還望着我呢！」

我的眼睛的確是望着他，因為他抬着我的頭。原來我看來已和死人差不多了！那我一定是早已凍昏倒在冰原上，是直升機降落的聲音，使我從昏迷中醒過來的。

陡然之間我想到：我得救了！

我得救了，我想大聲叫起來，但是我面上的肌肉，像化石一樣地僵硬，我沒有法子叫得出聲音來。

我只覺得自己被一直抬上直升機，有一個人，將一隻瓶口，塞到了我的口中。自那個瓶口之中，流出一種金黃色的，異香撲鼻，流入了我的嘴中，使我的精神頓時為之興奮的液體來——那並不是什麼玉液瓊漿，九天仙露，而是最普通的白蘭地。

我覺得我自己又漸漸地有了生氣，我的嘴唇已開始在抖動了，但是我仍發不出聲音來，我又覺得我身上的衣服，被人粗魯地剝走，一張十分粗糙的毛氈，裹住了我的身子，好幾個人使勁地摩擦着，使我已經凍僵的身子，重新發出熱力來。

約莫過了五分鐘，我已能出聲了，我發出了一聲呻吟，出乎我自己意料之外，我竟說出了如下的一句話：請再給我一口酒！

我絕不是酒鬼，但這時候，我卻極度需要酒！

第五部

極地奇變

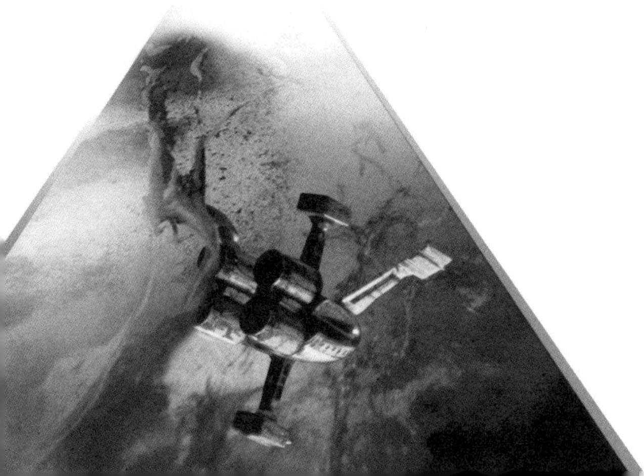

又有人將酒瓶塞到了我的口了，我大大地飲了一口，欠身坐了下來。

直升機的機艙並不大，約莫有四五個人，人人都以一種十分奇異的眼光望着我，一個十分莊嚴的中年人，向我伸出手來，自我介紹道：「史谷脫。」

我連忙和他握手：「我知道你，你是史谷脫隊長，是不是？」

張堅所在的探險隊隊長叫史谷脫，那是我所知道的，而眼前的情形，又可以顯而易見看出，這個叫史谷脫的中年人是眾人的領導者，所以我便肯定他是探險隊的史谷脫隊長了。我也自己說出了自己的姓名：「衛斯理。」他面上的神情就像見了鬼一樣。史谷脫忙道：「朋友，你且睡一睡再說。」我奇怪道：「咦，怎麼啦，我叫作衛斯理，這又有什麼不妥？」

史谷脫頓了一頓：「你一定是在昏迷之前，讀過最近的報紙了？」

我仍不明白：「這話是什麼意思？」

史谷脫道：「你要知道，當你在昏迷之前讀過報紙，報紙上記載的事，深留在你的腦中，便使你產生一種幻覺，幻想自己是衛斯理。」

我吸了一口氣：「原來你也知道衛斯理，那衛斯理怎麼了？」

史谷脫搖了搖頭：「可惜得很，聽說他是一個十分勇敢的人，我的副隊長張堅，邀他一起到過南極，我接到過他們在紐西蘭發出的電報，但是他們卻未能夠到達南極。」

我忙又問道：「他們怎麼了？」

史谷脫嘆息道：「他們的飛機失了事，專家正在研究失事的原因，據說飛機的機件，全部成了磁性極強的磁鐵，飛機跌到了冰上，已成了碎片，他們兩個人，更是連屍首也不見了。」

我又道：「那是幾天之前的事？」

史谷脫道：「七天——咦，」他以奇怪的眼光望着我：「你是怎樣會在冰原上的，你是從哪兒來的？」

七天！原來我在冰原上，茹毛飲血，已經過了七天之久，在最後的幾天中，我根本已沒有了知覺，記憶中只是一片空白了。

史谷脱又追問道：「你是怎麼會單獨在冰原上的？你隸屬於哪一個探險隊，我們好代你聯絡。」

我裹緊了那張毛氈，欠身坐了起來：「史谷脱隊長，我再說一遍，我是衛斯理，我，是從天上掉下來的，你明白了麼？」

史谷脱顯然不明白，他搖了搖頭，轉頭道：「先將他送回基地去再說。」

我閉上了眼睛，他既然不信，我也樂得先休息休息再說，這幾天來，我實在是太疲倦了。

直升機起飛了，我聽得史谷脱不斷地發着命令，而攝影機轉動的聲音不絕，看來，他們是在一次例行的攝影飛行中發現我的。

我向下望去，一片銀白，望不到邊，抬頭向上看去，天上白雲飄浮，我知道其中的某一塊白雲，一定是傑弗生的空中平台，但是我如果說了出來，又有誰會相信我的話呢？如今，甚至我是衛斯理，這一點都沒有人相信，還有什麼別的可說呢？

我假寐了片刻，醒了之後，看到直升機向前飛去，不一會，看到了一個冰中間鑿出來的湖，海水冰在當中，看來格外的藍。

在冰上，有着十來個帳篷，我知道這便是史谷脱國際南極探險隊的基地了。

我又欠起身子來，向下指了指：「史谷脱隊長，這個冰中的湖，就是張堅看到有冰山冒起，冰中又凝結着會飛的潛艇的那一個麼？」

史谷脱隊長，這時正坐在駕駛員的旁邊，他一聽到我的話，身子猛地一震，轉了過來：「你，你是怎麼知道的？」

我嘆了一口氣：「我和你說過了，我是衛斯理，你不信，又有什麼辦法？」史谷脱厲聲道：「如果你是衛斯理，那麼和你同機的張堅呢？」

我又抬頭向天上看去：「他或者是在天上，我無法知道他究竟在何處。」

史谷脱瞪着眼睛望着我，他當然不會明白我這樣說法是什麼意思，而我暫時也不準備向他解釋，他望了我片刻：「好，我相信你是衛斯理了，但是請問，你如何能在粉碎的飛機中爬出來，爬行七百里之遙？」

我苦笑道：「我説了你也不會明白，我不是和飛機一起跌下來的，我是從一張網上，向海中跳了下來的！」

史谷脱隊長和幾個探險隊員，不約而同地以手加額：「天啊，看他在胡言亂語些什麼？」

我閉上了口，不再言語，我相信就算自頭至尾地向他們説一遍，他們也不會相信的，因為只要一説到我們的飛機，被一種奇異的力量吸向高空之際，他們便已不會相信了。

直升機落地，我又被人抬出了直升機，向一個帳幕中走去，不久，有兩個看來像是醫生模樣的人，來對我作檢查，其中一個道：「可以給他食物。」

唉，我就是需要食物，這時，我如果吃飽了肚子，我可以壯健得如同一頭海象一樣！

接着，我便狼吞虎嚥送來給我吃的東西，直到我再也吃不下為止。帳幕中只有我一個人，我像是被遺忘了一樣，半小時後，史谷脫走了進來。

他面上的神情，十分嚴肅，一進來，便道：「我們看到了你的證件，你的確是衛斯理。」我鬆了一口氣，道：「謝天謝地，你總算明白了。」

史谷脫的神色更嚴肅：「這一來，事情可就十分嚴重了。」

我為之愕然：「為什麼我是衛斯理便事情嚴重了？」史谷脫慢慢地道：「為什麼你能平安無事，而張堅卻失蹤了？」

若不是我身上沒有衣服，我一定直跳起來了。

我大聲道：「怎麼，你這是什麼意思？是我謀殺了他麼？」

史谷脫一點也不以為我是在開玩笑，他竟點了點頭：「正是，我們已經通知有關方面了，你必須在這裏受看管。」

我吸進了一口冰冷的空氣，一句話也說不出來！

張堅這時，一定還好端端地在空中平台上，但是，我卻被人疑為謀殺他的兇手了。史谷脫隊長以冰冷的目光看着我，從他的面上，我看出他簡直已將我當作是一個走向電椅的人了。

本來，我還想將我和張堅兩人的遭遇，詳細向他說上一遍的，但這時，我卻打消了這個念頭。

因為史谷脫看來，絕不是一個能接納他所不知道的事實的人。

我也明白為什麼張堅第一次見到那會飛的潛艇時，他會被迫休假了，那自然是因為史谷脫根本不相信會有這種事的緣故。

我苦笑了一下：「我的一切東西，請你給回我，包括我的證件在內。」

在我的許多證件中，有一份是國際警方所發的特別證件，那是萬萬不能遺失的，還有那一張自綠色怪人手中取下來的紙，上面有着奇形怪狀的文字，我也必須設法取回它。

我已經決定，如果史谷脫不答應的話，那我就將他制住，以強硬的手段得回我的東西。

史谷脫考慮了一下，就道：「可以的，我立即派人送給你。」

他說着，便退了出去，我跟出了一步，便看到一個探險隊員，拿着一支獵槍指着我，那是強力的雙筒獵槍，它的子彈可以穿進厚厚的海象皮，我當然不想去冒這個險。

我退回了帳篷，不到五分鐘，有人將我的一切，全都送了回來，還給了我一套探險隊員所穿的皮衣皮，那種皮衣皮是極保暖的，我將之穿上，又躺了下來。

這一天，我變得全然無事可做。

當然，如果我要逃走的話，那個手持獵槍的探險隊員，是絕不會知道的，我可以從帳篷後面，悄悄地溜走。

但問題就在於：我溜走了之後，又怎麼樣呢？仍然在冰原上流浪，去等另一次希望極微的救援麼？所以我只是躺着，聽着探險隊員出去工作，又歸隊回來的聲音。

在這裏，雖然沒有白天黑夜之分，但是探險隊員的工作和睡眠時間，還是有一定的規定的，我又聽到了帳篷前，有人來接替看了我一天的那個人。

我合上眼睛，心中在盤算着，我究竟應該怎麼樣，我一點主意也沒有，慢慢地，我已進入了夢鄉，然後，便是有人在我的胸前，以一件硬物在撞擊着，我被那種撞擊痛醒，睜開眼來。

有一個身形高大的人，站在我的面前，正低頭看着我，在撞擊我胸口的，正是那人手中的獵槍，但是那人手中卻並不是看守我的探險隊員，而是傑弗生！

他咧着潔白的牙齒，對我笑着：「你好，衛先生，我想我首先該對你表示我的欽佩。」

我不理他，向外看去，只見一個守衛我的探險隊員，倒在帳篷外的冰上，他顯然昏了過去，而在離帳篷外十碼處，則停着一艘海龜般的飛船。

在飛船之旁，站着兩個身形矮小的人，頭上戴着銅面具，它們是機器人，因為它們的背上，並沒有負着裝置壓縮氧氣的鋼筒。

傑弗生笑了一下：「衛先生，我親自來請你，你該跟我去了。」

我冷冷地回答他：「到什麼地方去？」

傑弗生的態度傲然：「到地球上最偉大的地方去，那地方不但可以使你成為地球上最偉大的幾個人之一，而且可以使你避免坐電椅。」

我強忍着心頭的怒氣，身子慢慢地站了起來，同時我的心中已經在盤算：如果我這時，出其不意地將傑弗生制住，那麼或者對我的處境會有利得多。至少，可以使史谷脫隊長明白，張堅和我的遭遇，並不是胡言亂語，白日作夢，而的確有其事的。

我站直了身子，懶懶地道：「你是說，要我到你的空中王國去作外交代表？」

傑弗生得意地笑了起來，他顯然十分欣賞我「空中王國」這個名詞，就在他仰着頭，得意地笑着的時候，我的拳頭已經陷進了他的肚子之中，接着，我的左掌掌緣，又趁着他的身子痛苦地彎了下來之際，切中了他的後頸。

這是十分清脆玲瓏的兩下子。論科學上的研究，我不及傑弗生的萬一，但是論打架，傑弗生不如我的萬一，他的身子立即癱軟下來。

我提住了他的衣領，將他的身子提起來。也就在這時，我只覺得有兩個人，以常人所不能達到的速度，向我衝了過來。

我剛一抬頭間，一個人已經「砰」地撞到我的身上，那一撞的力道極大，將我整個人，都拋進了帳幕之中，撞在帳幕的支柱上，「嘩啦」一聲，帳幕向我身上壓了下來。

探險隊所用的帳幕，是和蒙古包差不多的，全是厚的毛氈，重量自然十分驚人，整個帳幕壓在我的身上，我也要費一些時間，才能夠站得起來。

而當我鑽出了帳幕的時候，什麼都沒有了：傑弗生、飛船、機器人，全都不見了，只有那個守衛我的探險隊員，還昏倒在地上！

而其他的帳幕中，卻已經傳來了人聲，那顯然是沉睡中的探險隊員，已經被我驚醒了！

我呆了一呆，立即想到，我的處境更不妙了！

史谷脫隊長會相信傑弗生來過這裏，和我發生過打鬥麼？不是一個剛愎自用的人，也可以在看到眼前的情形之後，作出結論：衛斯理為了逃走，擊昏了守衛！

我如果再不趁機逃走，那等着我的不會是別的東西，定然是電椅！

我連忙一躍而起，飛奔出了幾步。這時，已經有人從帳幕中走了出來，我身子一隱，隱到了一個帳篷的旁邊，使人家看不見我。

我聽得在我原來所住的帳幕旁，傳來了驚呼之聲，我輕輕揭開了我隱身的那個帳篷，向外看去，只見帳篷內全是一隻一隻的木箱。

那些木箱，或十隻，或八隻都被安放在雪橇上。我看明白箱子外漆的字，說明箱子中的是食物時，心中不禁為之一喜。

箱子放在雪橇上的，我只要找兩條拉雪橇的狗，我便可以遠去了。

我決定這樣做，我先輕輕地推出了兩架雪橇，將之用繩索連在一起。然後我側耳細聽。由於從各個營帳中出來的人愈來愈多，狗隊中也發生了輕輕的騷動，我聽得左首，傳來了斷續的狗吠聲，而我原來的營帳，恰好在右首。

也就是說，如果我向左去，人們不容易發現我，何況我還穿着探險隊員的服裝。

我大着膽子，將那兩隻雪橇，推了出來，向前飛奔而去，一路上，有七八個人問我：「發生了什麼事？發生什麼事？」

我卻沉着聲回答他們：「你們自己去看，是一件大事。」

那些人在我的身邊經過；絕不懷疑我的身分，我一直來到了一個木欄圍出來的圈子之前，才停了下來。在圈子中，是三十幾頭大狗，那是人在南極的好朋友，到如今為止，地球上的科學家還沒有做出比狗拉的雪橇更好的極地交通工具來。

狗的警覺比人靈敏得多，牠們一見我接近，便突然狂吠了起來。

三十多頭訓練有素的狗，在突然之際，絕不存絲毫友善意味地狂吠，也是十分令人吃驚。我略呆了一呆，心中正在盤算着，該用什麼方法，使這群狗鎮定下來之際，怪事也突然發生了。

這幾乎是在十分之一秒之間的事，突然間，所有的狗都不叫了，牠們都伏了下來，一隻緊接着一隻，緊緊地伏在地上，而喉間發出嗚嗚的聲音。在牠們的眼睛中，流露出無比的驚懼和恐慌來。

我也不禁呆住了，如果你熟悉狗的話，你就可以知道，當狗的眼睛之中，流露出恐懼的神情來的時候，人是可以迅速地感到的。

而且，人和狗的交情，究竟已有幾萬年了，人是最容易被狗的那種驚惶的神情所感染的。

我的心中，立時也起了一陣莫名的恐慌：什麼事呢？究竟是發生了什麼事呢？是有一大群猛獸正向前撲來麼？我連忙回頭看去，身後卻又連一個人也沒有，空盪盪地，更沒有什麼值得狗群害怕的猛獸。

我又呆了一呆，想起了動物對於一些巨大的災禍的敏感反應，連老鼠和螞蟻都可以預知火災和水災，任何一個礦工，都可以告訴你，當礦坑要坍下的前一晚，坑中的老鼠是如何地驚惶奔竄。

那麼，如今將有什麼巨大的災禍會降臨呢？

在那片刻之間，我忘了那其實是我逃走的最好的機會，我甚至向前奔去，想向史谷脱隊長說，有不可知的，巨大的災禍將要降臨了，我從狗群的奇異的舉動中看出這這一點。

然而，我只跨出了一步，事情就已經發生了。

首先，是一陣劇烈的震撼，我是在向前奔走着的，但是那陣劇烈的震撼，卻使得我整個人，猛地向上，彈了起來。

接着，我又被摔到了冰上，然後，我又被拋了起來。那情形，就像我在救火員用的救生帆布網上，當救生員將帆布網拉緊時，我便被網上的彈力，震向半空之中一樣。

狗群中所發出的叫聲，更加淒涼，我勉力想要固定身子，但是卻辦不到。

在我的身子，不斷地被那種劇烈的震撼拋上落下之際，我看到營地上所有的東西：人、物、帳篷，全都像是墨西哥跳豆一樣，不斷地在迸跳着，那是一種難以想像的現象。

然後，大約在三五分鐘後（我無法在身子像壘球一樣被無形的大力所拋丟着的時候，去計算正確的時間），一下震得你耳朵幾乎聾去的碎裂之聲，在我的左側，傳了過來。

緊接着，在四十公尺之外，便湧起了海水柱，那海水柱以雷霆萬鈞之勢湧了出來。

當海水柱剛一出現的時候，是晶瑩的藍色，但是隨即變成碧綠色，又是一聲巨響過處，海水柱爆了開來，化成一場大雨！

雨點以極其急驟的力量，灑在我的身上，那時，雖然冰層的震撼已經停止，但是，當海水柱化成的雨點，灑到我的身上之際，我還是直跳了起來。

雨是熱的！

應該說，那雨點是滾燙的！

若不是海沸了，海水柱化成的雨點，怎會這樣熱？但是，海又怎樣會沸的呢？難道那個姓張名羽的小子又在煮海了麼？

我跳動了一下，本能地雙手抱住了頭，灼熱的雨點，大點大點地灑在我的手背上，前後不到五分鐘，我目力所可以及得到的地方，冰原之上，由於灼熱的雨點衝擊的緣故，現出了無數小洞。

這時候，除了雨點灑在冰上的聲音之外，可以說什麼聲音也沒有。而在冰層裂開的地方，大蓬綠色的濃煙，在向上冒起來，那種情形，實是使人相信：世界末日已經來臨了，地球將要毀滅了！

幾乎每一個人，都在電影上見過世界末日來臨的情形，那時候，照電影上的形容，幾乎是每個人都發出號叫聲，狼奔豕突，但如今我所面臨的事實，卻和電影中看到的大不相同。

我看到狗群伏在地上，一聲不出，我所看到的人，不是呆呆地站着，便是倒在地上，雙手緊緊地抱着頭，像是想使自己和世界隔絕。

沒有人出聲，沒有人奔跑！

人們都被眼前的景象嚇得呆了，連我在內，也像是雙足牢釘在冰上一樣，一動也不能動。

綠色的濃煙，在轉變着顏色，先是變成濃綠色，然後變成黑色，後來又變成灰色、白色、橙黃色、橘紅色……每一次顏色變換的時間，愈縮愈短，終於，我明白將要發生什麼事了！

那一定是海嘯，突如其來的海嘯。

在冰層裂開的地方，四周圍的冰塊已一齊融化，隨着濃煙，海水湧了上來，海水熱得冒着氣，等到濃煙轉為橙紅色的時候，海水沸騰了，冰層迅速地融化，我看到兩個帳幕，已經因為冰層的融化而跌到了沸騰的海水中！

也就在這時，我聽到了急促的哨子聲，四架直升機的機翼，軋軋轉動起來，本來看來像是石像一樣的人，也開始活動，向直升機上奔去！

我當然也可以向直升機奔去的，這可以說是脫險的最好方法，但是我卻另外有我的想法，我跳進了狗欄，拉出了四條狗，扣在雪橇上，狗掙扎着，狂叫着，但是我終於達到了目的。

我揮動長鞭，狗兒飛奔而去，冰橇在千瘡百孔的冰面之上，疾掠了出去，那速度之快，是未在冰面上坐過冰橇的人，所絕不能想像的。

在我估計我已馳出了兩公里左右的時候，背後傳來了「轟」的一聲巨響，整個冰層，像是突然向前傾斜了，冰層的斜面，使冰橇去勢更快，我回頭去看時，只見一股灼亮的火柱，已在沸騰的海水之中升起，那股火柱發出的聲響，使得我的耳朵，聽不到其他任何的聲音——即使是冰層破裂的那種尖銳的怪聲。

狗兒又停了下來，一任我揮動長鞭，也不肯再向前奔出一步。

我沒有辦法可想，只得也跟着停了下來，幸而我已經離得相當遠了，不怕會被波及。

我抬頭看去，看到探險隊的四架直升機，迅速地向外飛去，而原來探險隊的營地，這時則已不復存在了，在火柱的四周圍的冰層，全皆融化，而成了沸騰的海水，那一個大圓圓的直徑，至少有一公里。

我離得雖遠，也可以感到那股火柱的熱力，逼迫得我在冒汗。自海面上升起那樣的火柱，這可以說是人生難得一睹的奇景。

但是，我卻是第二次看到這樣的奇景了。

我第一次看到這樣的火柱，是在和張堅一起駕機飛赴營地的時候，我們看到了海中冒起火柱的奇景之後，飛機就被強磁力吸到傑弗生教授的空中平台之上。

當時，傑弗生曾說我們闖進了他的「試驗區」，又說他握有毀滅地球的力量，我就知道他一定是指那海中冒起火柱的奇事而言。

如今，傑弗生教授才被我打發走，就發生了這樣的事，這難道可以說和傑弗生教授無關麼？但是傑弗生又是掌握了什麼力量，才能夠使平靜的冰原，在短短的時間中，發生這種驚天動地的變化呢？

他所使用的是什麼武器呢？

我心中不斷地想着，但是卻找不到答案。

我看到直升機已經飛到了只剩下一個小黑點了，在南極的探險隊不止一個，他們當然可以到別的探險隊去求援的，成問題的就只是我一個人了。

我重又揮起長鞭，狗兒總算又肯奔走了，我又趕着冰橇，跑出了很遠，背後的轟隆聲已經停了，我回頭看去，火柱已經不見了，還有濃煙在冒出來，在冰層融化之處，海水已不再沸騰，碧藍的海水和冰面一樣齊，看來好像是一整塊白玉當中，鑲上了一塊藍寶石。

我檢查了一下冰橇上的東西，在冰層碎裂之前的劇烈震盪中，使我損失了一半以上的食物，但總算還可以供我一個人和四條狗多日之用。然而，我隨即知道，我這種檢查食物的多少的舉動，是完全多餘的。

因為我根本沒有機會享用我帶來的食物了。

那並不是說我要死了，而是在這時候，我聽到了一陣「嗚嗚」聲響自頭頂。那種聲音，幾乎和一隻蚊子在你頭頂飛過時所發出的聲音一樣。而當我抬頭看去時，我看到了三隻海龜形的飛船，已在我的頭頂盤旋。

那三艘飛船，在我的頭頂盤旋了一匝，便落了下來。飛船落下來的方式，是我從來也未曾見過的，它們就那樣直上直下地落到了冰上——從高空到冰上，至多不過一秒鐘，而且它所發出的聲音，始終如此低微。

這種飛船，當然也是那綠色怪人的傑作了，地球上的人是沒有能力作出如此精巧、靈活的東西的。

三隻飛船，停在我的周圍，在我左面的那隻，船門立被打開，一道金屬管子伸了出來，從管子的一端，一個人走了出來。

那是張堅！

我見了張堅，便不禁一呆，他張着雙臂，向我奔了過來，一面奔走，一面叫道：「這不過是意外，只不過是一場意外！」

我不明白他這樣叫着是什麼意思，也不知道他何以會從飛船上下來。

在我還處於極度錯愕的情形中，張堅已奔到了我的身邊，一把拉住了我便走：「來，我來向你慢慢地解釋這件事。」

我被他拖出了幾步，才有機會問道：「你要向我解釋的是什麼？」

張堅道：「就是剛才的那場意外。」

我仍是莫名其妙：「什麼意外？」

張堅呆了一呆：「你剛才是睡着了，還是嚇得昏了過去？」

我已經知道他所指的是什麼事情了，他所指的，一定是冰層碎裂，海水上湧，濃煙冒起，火柱突現的這件事情。

但是，這件事情，又怎會和張堅有關，要他來向我解釋呢？他說那是一件「意外」，這又是什麼意思呢？我心中在想，卻發現已被拉到了飛船伸出來的那根管子面前。

我心中陡地一驚，喝道：「張堅，你幹什麼？」

張堅道：「我帶你去應該去的地方。」

我頓時大怒，叱道：「張堅，你屈服了，還是他們用什麼機器改變了你們的思想？」

第六部

科學怪傑的話

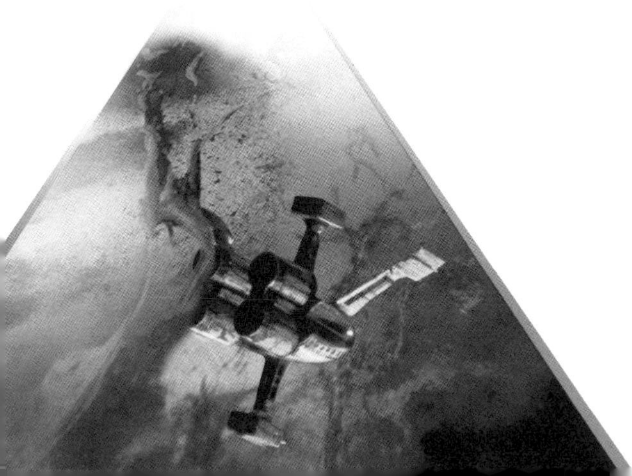

張堅猛地向我一推，我的身子一側，側向那管子的一端，還未及站定身子前，那管子的一端，便生出了一股極大的吸力，將我的身子，吸向管子之中！這一切的過程，快速到了極點，當我明白過來時，我的身子已經舒服地坐在一張椅上了，而我所在的地方，一望而知是那種飛船的內部。在駕駛位置上，坐着兩個矮小的機器人。

我猛地站起身來，但張堅突然在我的身邊出現，他是突如其來的，我只覺身子猛地向上升去，飛船是沒有窗子的，但是我從座前的電視銀幕上，卻可以看到我已經離地十分高了。

我並不轉過頭去，只是以十分憤怒的聲音道：「張堅，你這狗種。」

張堅的聲音，也絕不心平氣和，他道：「衛斯理，你這混蛋，你不弄清楚事實真相，便逞什麼英雄好漢？」我冷笑了一聲：「我明白你，傑弗生許了你什麼好處？」

在飛船的艙中，突然響起了傑弗生的聲音，道：「沒有許什麼好處。」

我看到船艙之中，只有我和張堅兩個人，傑弗生的聲音陡然傳了過來，使我十分驚愕，我連忙回過頭去，霎時之間，我幾乎以為傑弗生就在我的身後。

但是我立時知道不是，在我的座後，有一架高度色彩傳真，甚至看來有高度立體感的電視機，傑弗生就在電視熒光屏上出現。

看來，他是在另一艘飛船上，這時正以無線電傳真電話在講話。

我大聲道：「你又活過來了麼？我那一拳應該將你的內臟打出來！」

傑弗生的面上，現出了一種十分難看的面色來：「衛先生，我不以為我可以成為你的一個好朋友。」

我哈哈一聲：「好極，好極！我希望你和我成為見面就要拚命，而不見面則每天都要將對方詛咒一千遍的仇人！」

傑弗生的影象，突然在電視上消失，不問可知，他是大怒特怒了。在我如今這樣的處境之下，去激怒傑弗生，似乎是十分不智的事情。

但這時，我的心中十分憤怒，根本已不及去計算什麼後果了。我認定了傑弗生是奸詐、卑鄙、無聊到了極點的一個人。

在國與國之間，一個國家的人，如果背叛了自己的國家，而去和與自己的祖國採敵對態度的國家服務，背叛了自己的祖國，那已是極度卑鄙的事情了。

而如今，傑弗生所做的尚不止此，他是一個地球人，但是他顯然是在為那種來自別的星球的綠色怪人所利用，為那些綠色怪人在服務！

中國人背叛中國的是漢奸，英國背叛祖國的是英奸；傑弗生這個地球人，他竟背叛了地球，那他是一個不折不扣的人奸！

我實在無法遏止自己對他的鄙視，在他的影象，自電視熒光屏上消失之後，我仍然大聲叫道：「你那綠色的主人呢？或許你的祖先之中，也有一個是綠色的怪人，是有着章魚觸鬚的醜惡東西！」

那電視的熒光幕陡地一亮，傑弗生又出現了。

由於色彩高度傳真的緣故，我可以清晰地看到傑弗生的面色，變得青黃不定，十分難看。他以純正的英語，罵出了我意想不到的粗魯的話，我當然不替他做記錄，他罵完了之後，才道：「你究竟是在放什麼屁？」

我冷笑道：「你看看你的手指吧，可能每隻手是七隻，長達一尺，可以任意彎曲，如果不是由於遺傳，那一定是你背叛地球的結果了。」

傑弗生的面色更青，他幾乎是在高叫：「雜種，你究竟是在說些什麼？」

我哈哈一笑：「你還不明白麼？還是你不想你真正的身分給人家知道？」

傑弗生尖聲道：「我真正的身分是什麼？」

我毫不客氣地回罵他：「雜種，你是一個真正的人類蟊賊！」

傑弗生的影象，又突然在電視熒光屏中消失，我「呸」地一聲：「你可是不敢再見我了麼？你綠色的主人，也教會你什麼叫羞恥麼？」

張堅直到此時，才插了一句口：「什麼叫綠色的主人？」

我大聲道：「你閉嘴，如果你還是我的朋友，你使飛船開到我要去的地方。」

張堅苦笑了一下：「我怎能？操縱飛船的是機器人，而機器人又受傑弗生操縱。」我冷冷地道：「那麼，你的地位，原來比機器人更不如麼？」

張堅漲紅了臉：「衛斯理，我第一次發現你是一個蠻不講理的人。」

我大聲道：「我很高興被你這個蠢材認為我是一個蠻不講理的人！」

張堅的面色更紅，他比我更大聲：「這完全是一件意外、意外、意外、意外，你聽清楚了沒有？」

我呆了一呆，道：「我當然聽清楚了，意外，但是，什麼意外呢？」

張堅道：「就是岩漿自冰底噴出的那件事。」

我望着張堅：「你神智沒有什麼毛病麼？」

張堅攤了攤手：「所以我說，你完全不明白！」

飛船在這時候，穿進了雲中，接着，便猝然地停了下來，我在電視熒光屏上，又看到了那幢六角形的奇異建築物。

我知道，我跳下南冰洋，在冰原中飄盪了七天，死去活來，一切全都白費了，因為到頭來，我仍然回到了空中平台上！

我深深地嘆了一口氣，雙手抱住了頭，閉上了眼睛。老實說，我的一生，從來也未曾這樣沮喪過，我曾經對付過意大利的黑手黨、菲律賓的胡克黨，和七幫十八會的首腦作對過，更曾和日本的月神會起過激烈的衝突。每一次，在幾乎是絕境的情形下，我也未曾失望過，但如今卻不同了！

傑弗生所領導的，絕不是一個龐大的集團，他們只不過幾個人。

可是，他們這幾個人，不但有極其精密的科學頭腦，而且還有着地球上所絕對沒有的科學設備，更有着絕對聽從指揮，天知道「他們」能做出一些什麼事情來的那些機器人！

他們還有在三萬五千尺高空的空中平台——那是絕對無法逃跑的。他們可以將你困在一個大「肥皂泡」中，使你覺得自己像一隻小昆蟲，更要命的是他們還有來自不可知的星球的怪生物在作後台。

我，一個普通的地球人，怎能夠和這一切來作對呢？看來這次我是完了。

我閉着眼睛，捧着頭胡思亂想着，過不了多久，張堅便推開我：「快下飛船吧。」

我冷冷地道：「我看不出我下不下飛船有什麼分別。」

張堅猛地在我的肩頭上摑了一拳：「你這頑固的駱駝，你難道看不出，傑弗生教授所從事的，是一件值得你參加的偉大的事業麼？」

我大聲地作嘔：「我所吃的生態肉全都要吐出來了，張堅，你什麼時候學會了政治家的口吻了？」

張堅嘆了一口氣：「好，你仍是不明白。」

我望着他，也不禁嘆了一口氣，張堅是我所尊敬的一個朋友，我實在不想過分地非難他，我只是道：「張堅，不明白的是你，而不是我。你可知道這一切設備，是哪裏來的麼？」

張堅搖了搖頭：「我不知道。」

我聳了聳肩：「這就是了，傑弗生教授也未曾告訴你麼？」

張堅道：「我問過他，他說他也不知道。」

我冷笑一聲：「於是你便相信他了？」

張堅大聲道：「我沒有理由不相信他，因為他是一個十分正直的人，他在從事的工作，正是挽救我們地球的偉大事業。」

我哈哈大笑了起來：「汪精衛可以在地下大嘆『吾道不孤』了，他提倡『曲線救國』，如今又有人在提倡『曲線救地球』了。」

張堅無可奈何地望着我：「你究竟下不下飛船？」我早已踏了出去，便冷冷地道：「我怕什麼？」我站了起來，飛船的艙門打開，長梯自動伸出，我從長梯中滑下，已看到幾個人站在我們面前。他們是：傑弗生教授、藤清泉博士和羅勃·強脫。

傑弗生的面色，仍然十分難看。羅勃·強脫則仍是一副精力瀰漫的樣子。

藤清泉踏前一步：「歡迎，勇敢的年輕人。」

我心中猛地一動，趨向前去，以日語疾聲道：「博士，我可以和你作私人的談話麼？」

藤清泉道：「如果有人想要偷聽的話，那麼利用聲波微盪儀的話，即使在十公里以外，我們的耳語也可以被人聽到，但是我相信這裏是正人君子，沒有人會偷聽我們私下交談的。」我拉着他走開了三四步，才又低聲道：「博士，你可知道傑弗生是在為什麼人服務麼？」藤清泉滿是皺紋的面上，現出了奇訝的神色：「他為什麼人服務，這是什麼意思？」我從袋中，取出了那張捲成一卷的相片來。這張相片，是我跌落冰縫，在那個冰洞中，兩個已死的怪人中的一個身上找到的。我一直將之帶在身邊。

我一將照片取了出來，遠在五步開外的傑弗生便尖聲叫道：「你手中拿的是什麼？」

我一抬頭，看傑弗生的情形，像是要衝了過來，我忙道：「羅勃，如果你是一個正直的人，請你攔住傑弗生，別讓他妨礙我和藤博士的談話。」

羅勃．強脫的面上，現出了一股疑惑的神色來，但是他還是挪了挪身子。

而傑弗生這時，面上的神色雖然十分焦急，他卻也站定了不動。

我將那張照片展了開來，照片上一片碧綠。

藤清泉的面上，現出了疑惑之極的神色來：「這算什麼？」

我指着照片上那一大兩小兩個怪物：「你看清楚了沒有，這是三個不知來自哪一個星球的怪物，他們便是傑弗生的主人，傑弗生是為他們服務的，目的自然是毀滅地球！」

藤清泉的面色漸漸凝重，他智慧的眼光，沉着地望着我：「年輕人，這是一項十分嚴重的指控，你的證據未免太欠缺了些。」

我忙道：「我自然還可以使傑弗生自己承認，問題要你們幫我，你看到這張照片了沒有？這絕不是地球上所有的東西，就像這裏的一切一樣，藤博士，你在這裏已工作許久了，難道你沒有發現這裏的一切，都絕不是地球人所能設想的麼？」

藤清泉慢慢地點了點頭，他顯然被我說動了心。他低聲道：「不錯，我曾經幾次問過傑弗生，他說這所空中平台中的一切，都是他偶然發現的。」

「偶然發現的？」我幾乎要忍不住大笑了起來。「他怎麼會編造出這樣的一個謊言來的？」

藤清泉道：「他的故事還不止此，現在我不能向你詳細說，我先去質問他！」

藤清泉一面說，一面已向前走去。

我心中很高興，因為我本來是孤立的，但如今，藤清泉這個正直和倔強出名的老人，卻已經站在我的一邊了。我早已知道，傑弗生是絕不敢將真相告訴藤清泉的，他只敢騙他！

藤清泉來到了傑弗生的面前，傑弗生的面色，顯得十分尷尬。

他勉強地笑了一笑：「藤博士，那綠色的相片上的是什麼東西？」

藤清泉開門見山：「是人——但不是地球人，而是別的星球上的人！」

傑弗生「啊」地一聲：「是麼？那麼我多年來的疑團，也可以得到解答了。」

藤清泉點頭道：「不錯，我多年來的疑團，也可以得到解答了，教授，你究竟對我們隱瞞些什麼，你是在替別個星球的『人』服務，是不是？」

羅勃和張堅兩人的面色一樣，各自踏前了一步。

傑弗生一呆：「你這麼說法，是什麼意思？」

藤清泉向我一指：「他這樣指控你，你是為這張照片上的人服務的！」他攤開了那張相片，所有的人都可以看到那三個形象醜惡，但是智慧卻極高的別的星球人的怪人。羅勃首先抬起頭來，道：「教授，你可有合理的解釋麼？」

傑弗生大叫道：「荒唐，荒唐之極！」

我冷冷地道：「我絕不這樣想，你為了要利用人，便不惜去謀殺飛機上其他的數十人，像你這樣的兇手，什麼事情做不出來？」

傑弗生大叫道：「我不得不如此，我若不那樣，波士頓的數十萬人要喪生了。」

我攤開了雙手：「偉大的救世主啊！」

傑弗生道：「你是從哪裏得到這張相片的？」

我道：「這不關你事，總之，你的真面目已被揭露了。」

傑弗生怒不可遏，但是他像是知道發怒並沒有用處一樣，隨即冷靜了下來。

可是這時，衝動的羅勃，那美國人卻已向傑弗生的下頷，揮出了一拳，羅勃的那一拳，十分狠穩，「砰」地一聲，正擊中在傑弗生的下頷。

傑弗生的身子向後一仰，跌倒在地上，羅勃還待再衝過去時，只是人影閃動，兩個機器人，以絕不是常人所能測度的速度，向羅勃衝了過來。

我雙足一蹬，身子向那兩個衝過來的機器人斜撞了過去，「蓬」地一聲，我撞中了其中的一個，我記得我當一拳擊下過一個機器人的頭來的，所以儘管那一撞，令我腰背之間生痛，我還是立即一拳揮出，擊向那個機器人的頭——那銅面罩上。

果然，那機器人的頭，又落了下來，那機器人的胸前，發出「吱吱」的怪叫聲，向外奔了開去。

而當我回頭去看時，我不禁為眼前的情景，嚇得大吃一驚。只見一個機器人，雙手正握緊了羅勃的脖子，而張堅、藤清泉兩人，用力在抽着那個機器人的手臂，只不過卻難以扯得脫。

我連忙向剛掙扎着站了起來的傑弗生衝了過去，傑弗生向我發出了一聲大喝：「站住，你這天字第一號的蠢貨。」

我連忙站定了身子，我並不是由於他的大喝而停下來的，我是準備停下來，好好地給他一拳，以報答他對我的稱呼。

可是，我剛停下來，便聽到傑弗生道：「你看，你自己看看！」

我向他所指之處看去，只見那個機器人，已經鬆開了羅勃的脖子，站了起來，向傑弗生走了過來，到了傑弗生的身邊，身子突然轉了一轉，伸手向沒有人的地方一指，自他的指尖之上，突然射出了一道強光。

那道強光是如此之強烈，它一閃的時間雖然只有百分之一秒，但是卻令得我們幾個人，眼前足足有半分鐘看不到東西。

等到我們的視力恢復時，我們每個人都可以看到，在那機器人伸手指着的地方，原來是一個小花圃，有一叢灌木，和許多花草的，但如今卻已沒有了，連一點灰燼也未曾留下。

傑弗生大叫道：「看清楚了沒有？」

我愣了一愣：「那是什麼玩意兒？」

傑弗生道：「這是地球人夢寐以求的死光武器，熱度達到攝氏六千度以上的光束，能使任何固體的東西，變成氣體！而這種裝置，在每一個機器人的身上都有，我要使你們變成氣體，是輕而易舉的事情！」

我的臉一定在發青，我吸了一口氣：「可是你仍嚇不倒我們。」

傑弗生道：「我不是要嚇你們，我是要使你們明白我沒有害人之心！」

我忙道：「和羅勃同機的人呢？」

傑弗生道：「那次的事情實在太緊急了，我對於這裏的一切東西，操縱得又不夠熟練，所以才出了差錯，但是那次我卻挽回了波士頓近十萬人的性命，如今我也不想害你們。」

我冷冷地道：「你想利用我們？」

傑弗生望着我，忽然無可奈何地搖了搖頭：「衛斯理，我生平未曾見過再比你固執的人，你簡直是殭屍腦袋的人！」

我笑了一下：「怎麼，要我甘心情願被你利用，才算是腦筋靈活麼？」

傑弗生攤了攤手：「張堅，你的朋友，實在太令我失望了。」

我立即道：「你可別岔開話題去，你老實地告訴我們，你對那些綠色的怪物，稱他們作什麼，你是什麼時候起為他們服務的？」

傑弗生道：「我從來也未曾見過他們，但是我知道有他們的存在，你可能詳細聽我解釋麼？我們可以不必站在這裏，我們可以進去，喝一杯茶，慢慢地談，像一個君子，不要像一個只懂揮拳的小流氓！」

羅勃一聲大叫，又待向前奔去，我連忙將他拉住：「聽聽他說些什麼，我們跟住他進去再說！」

剛才那種強烈的光束，使我對傑弗生十分忌憚，因為他的確是能夠使我們在百分之一秒鐘之內，化為氣體的，他不那樣做，我絕不相信他是有甚好意，但是我卻也不能促成他那樣做。

他的肚子上挨過我的一拳，下頷又被羅勃擊得紅腫，若是羅勃再在他身體任何地方加上一拳的話，可能他便會老羞成怒了。

藤博士顯然也不想再動武，忙道：「是，我們進去，將話說個明白。」

傑弗生氣呼呼地向前走去，我們四個人跟在他的後面，到了那座六角形的建築物之前，門便自動地打了開來，我們走進去，轉向右，到了一間寬大的房間之中，才停了下來。

那間房間是佈置得十分舒適的一間起居室，傑弗生並沒有令機器人進來，這又令得我放心了些。

我們坐了下來，傑弗生就坐在我的對面，他望着我，搖了搖頭：「衛斯理，你替我添了許多麻煩，但是你卻也幫了我的忙，我和你私人交情不會好是一件事，你對我們的事業有幫助，這又是另一回事。」

我冷冷地道：「別廢話了，你是什麼時候受這種人收買，開始為他們服務的？」

傑弗生教授並不理會我，轉向其他三個人：「我現在開始敘述我的遭遇，這是我從未向人說過的，在我說的時候，你們可以發問，但是不能惡意地打擾，你們可同意不？」

羅勃道：「不同意便怎樣？」

傑弗生道：「你們不同意的話，我就不說，將你們送回地面去！」

本來我所求的，就是能夠回到地面去。

照理說，他這樣說法，我應該求之不得了。

可是我卻在傑弗生平靜的聲音中，聽到了他的心中一定有着許多秘密——驚人的秘密，我同時也想到，我的推論，可能有錯誤的地方。

所以我決定聽一聽他的叙述。我第一個道：「好，我同意。」

其他三個人，也都點了點頭。

傑弗生的身子移了一移，改了一個比較舒服的姿勢：「這件事的開始，就是一件奇怪到近乎不可思議的，那是一個春天的早晨，我在牀上醒來，懶洋洋地，心中正在想着，我還想多睡一會，但是卻不得不起牀了，我想，要是有什麼人發明了和真人幾乎相同的機器人，而又受真人思想的操縱，那該是多麼理想的一切，因為若是那樣的話，那麼人們就可以讓機器人去做一切自己所不願做的事，而自己則可以盡情享樂了。」

我問道：「那是什麼時候，什麼地方的事？」

傑弗生道：「十二年前，在美國麻省工學院附近，教授的住宅區中，我一個人有一幢十分大的房子，最近的鄰居，也在五十公尺之外。」

我點頭道：「行了，你繼續說吧。」

傑弗生道：「我想着，想着，我實在不願意動，我只想有人將我的晨袍取來，好使我一起牀就能披在身上，我不知道我在朦朧中想了多久，突然，我聽得院子裏有一下輕微的聲響。

「那一下輕微的聲響，像是有一個人從屋頂上跳到地下時所發出來一樣。我連忙睜開眼來，陽光射到我的眼上，我看到在窗外，停着一艘像是海龜一樣的飛船，從飛船中正有兩個人走出來，那兩個人，身形矮小，頭上戴着銅面罩。

「當時，我心中的驚駭，實是難以形容，我望着那兩個人，他們繞過了牆，推開了門——我的門是鎖着的，但是他們一推就開了，我看到鎖已經破裂到不復成形，我立即想到，那是別的星球的來客！

「我的身子撐起了一半，但因過度的驚恐，我所維持着那個姿勢，僵在牀上。

「那兩個人推門而入之後，停了一停，其中的一個，拿起了掛在鈎上的晨袍，來到了我的面前。

「我當時一定是嚇昏了，我接過了那件晨袍，披在身上，道：『謝謝。』

那兩個人發出了一種十分奇怪的聲音來，退了出去，走了。

「我損失了房門的鎖，但卻真的如我所願，有人遞了我的晨袍給我。

「我望向窗外，那兩個人進了飛船，飛船以驚人的速度升空而去，彷彿這兩人的到來，就是為了替我拿那件晨袍一樣！

「我在牀上呆了許久才起身，我的思想被一連串奇異的問題所佔據，以致我駕車赴校途中，幾乎失事，我整天神思恍惚，到了我回家的時候，我又不斷地想着，會不會那奇異的飛船，奇異的人，又在我家出現呢？

「我的心情很矛盾，我不希望他們再出現，這是作為一個普通人的願望，來自太空的人，這究竟是一件十分恐怖的事情。但是作為一個科學家，我卻又希望他們在我家中，再度出現。

「我離家愈遠，便希望他們會在我的家中，當我將車子駛進車房的時候，我聽到了園子中傳來了一陣刈草機的聲音。我回頭看去，我又看到了那兩個怪人，他們正在熟練地使用我的刈草機，在替我的園子刈草，而他們的飛船，則停在一旁。

「是了，我想起來了，今天，我由於神思恍惚的關係，我強迫自己不去想一切引起疑問的事情，我曾花了許多時間去想一件最簡單的事情：我園子中的草長了，如何將之刈成一個好看的式樣。我曾經決定將草刈成中國的古錢圖案，而這時，那兩個怪人，正是將草刈成了中國古錢的圖案。

「我呆在車子中，出不了聲，這兩個人究竟是什麼人？他們是阿拉丁神燈中的魔鬼麼？為什麼我想什麼，他們便會知道，而代我做我所要做的事情呢？我可是從今能夠從心所欲了麼？

「我在車中呆了好久，才走了下來。那兩個人停止了工作。

「我沉聲問道：『你們是什麼人？』我只問了一句，怪事又發生了，我聽不到他們的回答，但是我卻聽到，他們兩人，發出了和我一模一樣的聲音，講的也是同樣的話：你們是什麼人。

「我嚇得後退了一步，又道：『如果你們沒有惡意，那請你們道出來歷。』那兩個人又以同樣的聲音，將我的話重複了一遍，像是我是在對着一具即錄即放的錄音機在講話一樣。

「我大着膽子，來到了他們兩人的面前，我是一個電子科學家，我一來到他們的近前，便立即看出他們不是真人，而是構造得精密之極的電子人，我透過它們的銅面罩，看到了裏面小得不能想像的電子管，有幾千個之多，在這些電子管中，一定充滿了比正常人更多記憶，但是我卻無法將之發掘出來。

「我試着命令它們去做事，但它們只是重複我的話，並沒有行動。後來我明白，它們是接受我的控制的，但是卻不是接受我的言語的控制，而是接受我的思想的控制！」

傑弗生教授一口氣講到了這裏，才停了下來，取出了煙斗。

藤清泉博士道：「接受你思想的控制？這句話是什麼意思？」

傑弗生道：「我想着，當我決定了要做一件事的時候，電子人便受到了感應，替我去做了！」

我和張堅兩人同聲叫道：「這太荒謬了！」

傑弗生教授向我們瞪了一眼，道：「每一個人的思想，都形成一種十分微弱的電波，那種電波，弱到幾乎等於不存在，科學家稱之為腦電波。有許多人心靈相通，能夠相互感應，這都是腦電波在起着作用。每一個人的腦電波的頻率都是不同的。我，可以說幸運，也可以說不幸，當我的思想決定要做一件事，而使得腦電波的頻率加強之際，便能夠感應到電子人，使得它們由靜止而動作——它們所做的事，完全是根據我的思想去做的。」

羅勃．強脫大聲道：「你怎樣證明呢？」

傑弗生揚了揚手中的煙斗，道：「你們看，我坐在這裏，不碰到任何儀器，手也不作任何動作，我只是想着，要有人來替我點着煙斗，電子人接到了我腦電波的信號之後，就開始行動了。」

他將煙斗放在口中，將打火機放在沙發旁的一張方几之上。

他剛放好了打火機，門便被推了開來，一個電子人走了進來，取起打火機，燃着了傑弗生教授的煙斗，放好打火機，又退了出去。

傑弗生深深地吸了一口煙：「你們看到了沒有，電子人完全受我的腦電波所控制，我可能是四十一億地球人中，腦電波的頻率，恰好和這些電子人所能接收的思想電波相同的人。」

羅勃問道：「那麼，這許多電子人，為什麼不會一哄而至呢？」

傑弗生道：「這我剛才已經說過了，這些電子人構造的精密，絕不是我們地球人所能想像的。當其中的一個，截到了電波之後，便會發出另一種信號，通知其他的電子人，它已去執行命令了，其他的電子人，便不會再亂動了。這種電子人的精密，還不在此，它們的身上，還有着極其厲害的高熱光束發射設備，它們的記憶系統中，有着比愛因斯坦高明的學問，它們可以從事任何人所難以想像的工作，甚至利用它們記憶系統中的知識，去發明新的東西！」

我提醒他：「傑弗生教授，你只是宣揚電子人的厲害，卻還未提到它們的主人和你晤面的經過。」

傑弗生道：「你們聽我說下去。當天，我只是以思想指揮着電子人去做我所能想到的事情，我利用它們記憶系統中的知識，輕而易舉地解決了我研究中的難題，我可以包辦歷屆諾貝爾獎金中的化學獎物理學獎，到午夜時分，我想到了，我想到這兩個電子人必然不是地球人製造的，我想到它們有主人，我要去和它們的主人會面。

「於是，電子人將我帶到了它們的飛船中，飛船急促上升。

「飛船的速度之高，是我難以形容，在電視熒光屏上，我看到幾架噴射式飛機，它們的速度，慢得像臭蟲。

「不到二十分鐘，我來到了這空中平台。

「當時，我的心情是狂熱的，因為我完全可以肯定我所遇到的電子人，我所乘坐的飛船，我所到的那空中平台，我所見到的建築，都絕不是地球人所能做得出來的，我可能是第一個和來自太空的高級生物接觸的人，我下了飛船，看到了二十四個電子人，但是卻見不到我所預期中的太空人。

「我四周圍找着，空中平台上的儀器，我只懂得極小的一部分，我就像是一個小學生在參觀一個最新科學成就的展覽會一樣。

「我在空中平台上住了七八天，我已經準備離去，我的心中只不過是自己在考慮，我是不是要將我的發現去報告政府。但是，一個突然的發現，卻使我留了下來，一個人留了九年之久，才找了藤博士來作伴。」

張堅問道：「你發現了什麼？」

傑弗生敲了敲他的煙斗：「我發現了一具電腦，一具翻譯電腦。本來，在這裏的所有紙張上，全有着一種十分奇怪的符號。我明知那些符號是文字，可是我卻看不懂，但是我在無意之中，發現那具翻譯電腦可以將那種古怪的文字，譯成一切地球上的文字，我選擇了英文，我費了足足三個月功夫，將所有有文字的紙張，一齊翻譯了出來。

「絕大多數仍是我看不懂的高深學問，於是我開始研究，那些電子人等於我的教授，它們的電子管記憶系統中，有着驚人的學識。

「時間一年一年地過去，我沉浸在科學的深海之中，藉着一種綠色固體東西維持着生命，因為我通過翻譯電腦，譯出了這種東西的包裝紙上的文字是『耐久的食物』之意，那種食物，每一小塊，便可以使我經月不餓不渴，它們似乎能夠在人體之內，發生一種極其妙的自生作用。

「時間一點點地過去，我發現我翻譯出來的文件，全是有關地球的精密計算，那數字之精確，是令人難以想像的。

「譬如說，美國首都華盛頓的地面有多厚，有誰知道？但是這裏便有着白宮園地到地心熔岩部分的深度測量記錄！

「當然，除了華盛頓之外，幾乎每一個城市，都有着同樣的記錄，且還有地殼變動的記錄，和地心熔岩所發生的變化的詳細記錄。

「我不明白這一切記錄、研究究竟有什麼用途，由於我不是一個地質學家，但是我們地球上是有着傑出的地質學家的，那便是藤清泉博士，我於是在三年之前，便將他請到了這裏來，邀請他和我一齊研究這些資料，和這裏的一切設備。

「這以後的事情，我想可以請藤清泉博士說下去了，因為他是地質學家，是火山問題的權威。」

我們一齊望向藤清泉博士。

藤博士皺着雙眉，他臉上的皺紋，看來更多、更深。他沉思了好一會，才道：「這是十分奇怪的事情，這裏對於地球的研究資料，遠在地球人自己之上！看來地球人對於自己的星球，並不十分關心，地球人太好高騖遠了，地球人夢想征服太空，卻不想對自己居住的星球作進一步的了解。」

羅勃．強脫說道：「藤博士，這樣說法，未免過分一些了吧？」

藤清泉博士道：「一點也不過分，你想，因為暴風，一年造成多大的損失？因為地震，一年要喪失多少生命？因為河水泛濫，一年有多少人流離失所？每一個國家，如果將研究向太空發展的人力、物力，轉投向研究自己的地球，我敢說，這種損失，將大大地減少！」

我點了點頭，藤博士的話是大有道理的。

第七部

外星人的一封信

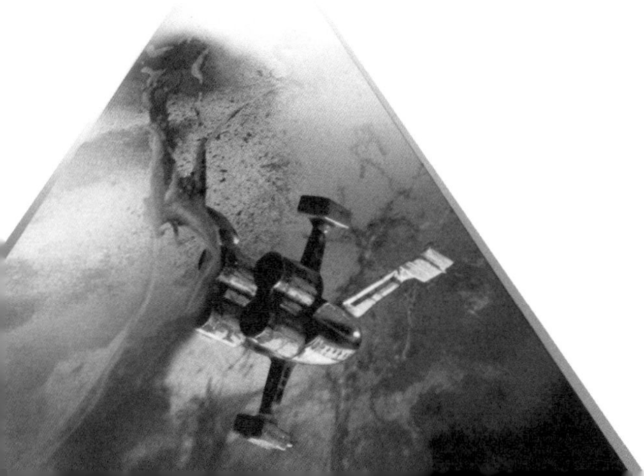

人類就算登陸了火星，而仍然不能設法防止一場風暴的話，那等於是一個西服煌然的人，腹中因飢餓而在咕咕叫着一樣。

藤博士頓了一頓，見沒有人再反對他的話，才繼續道：「我到了這裏，立即致力研究，我發現這裏的資料，幾乎能夠準確地預測每一次地震將要發生的時間和地點！

「而且，來自別的星球的人提出了一個理論，說地球遲早會毀滅的。」

藤博士的話，顯然連羅勃也未曾聽到過，因為他也睜大了眼睛。

藤博士續道：「地球最大的危機，本來是在於它的自轉速度會減慢，慣性力減去摩擦力和太陽吸力，使地球的自轉慣性消失，那就像是旋轉一隻球，球總會停下來一樣。」

我插言道：「我知道，在最近兩千年中，地球自轉，每一轉慢了〇點〇〇八秒，也就是千分之八秒，要使地球停頓，那要過上幾千萬年之久。」

藤博士道：「是的，可是另一個危機，可以說已迫在眉睫了。」

我們都不出聲。

藤博士的面色，變得十分嚴重。

他道：「熱脹冷縮的原理，是人人都知道的。地球本來是一團熔岩，後來，表面漸漸冷卻，形成了地面、岩石，而地心之中，還是熔岩。

「地層逐漸加厚，那是熔岩冷卻所形成的，同時，它也形成一種壓力，壓向地心的熔岩，地心熔岩受着強大的壓力，總有一天，它會受不住壓力，而作大規模噴發——到那時，地球就分裂了，變成無數個小的星球。我們的地球，可能也就是不知多久之前某星體在一次這樣的爆裂中產生出來的。」

我們都不出聲。

藤博士將一個十分深奧的問題説得十分淺顯，我們都可以聽得懂。

藤博士停了好一會，才沉聲道：「根據這裏的資料，這樣的大爆裂，會發生在二〇八三年。」

羅勃叫了起來：「二〇八三年，那只有一百多年的時間了，這不可能的。」

藤博士道：「不錯，地球上沒有一個人想得到這一點，但是我相信這裏的計算資料。」

我們都不出聲，這分明是一件誰也意料不到的事情。地球上的人，從來也未曾想過自己所住的地球是一個大禍胎，地球的毀滅，並不是來自其他星球的撞擊，而來自自我爆炸！

藤博士繼續道：「有一件事是十分奇怪的，那便是在這裏有一份報告書，是估計地球人科學進步的程度的，據這份報告書估計，到了二〇八〇年，人類便發現這個危機，而從那時起，人類便會傾全力防止這個危機，人類將可能達到目的。

「這份報告書未曾發出去，我們也不知道目的何在，我更不知道那在這裏建立空中平台的太空人，這樣詳細的研究地球，目的何在。」

傑弗生教授插言道：「他們的目的，十分明顯，那是要在二〇八〇年人類明白這個危機之前，便使危機成為事實。換句話說他們要在二〇八〇年之前，將地球爆成碎片，毀滅地球上的一切生物！」

我瞧着傑弗生，心中開始在想：難道我將傑弗生的為人弄錯了麼？難道他並不是我想像中的那種壞蛋？他所講的一切，全是實話麼？

我的腦中，亂得可以。

傑弗生像是知道我的心中在想些什麼一樣，直視着我：「我們在這裏研究了幾年，已經可以操縱其中的一些儀器，在許多儀器中，最重要的是一具可以產生出巨大力量的磁波儀，地殼加於地心的壓力，本來是以每平方公尺一千七百萬噸左右，但是在使用那具磁波儀之後，卻可以使壓力加大十倍！」

藤博士接着說下去：「如果再有別的儀器配合的話，這樣大的壓力，使地心熔岩隨時突破地殼，向外噴射出來，也就是說，可以由心所欲地毀滅地球上的任何角落，或是毀滅整個地球。」

我吸了一口氣：「那麼，這幾年來，你們所做的工作是什麼呢？」

藤清泉道：「我們已初步掌握了那具加強壓力的磁波儀，但是我們略為加強壓力的結果，總是在南極的海底，發生地震。這本來是十分理想的事情，讓地心的岩漿全部在南極的海底宣泄出來，那麼所謂危機，也就不復存在，地球也可得救了。」

傑弗生接了上去：「但是，不斷噴發的岩漿，將使南極的冰層融化，那時，地球的表面上，將要形成不堪設想的泛濫！」

我呆了片刻：「那你們在尋求什麼呢？」

傑弗生道：「我們在找一個地心岩漿噴發的地點，並不需要地心所有的熔岩全都噴發出來，只要噴出極小的一部分，幾萬分之一。在地殼和地心熔岩之間，就有一個極小的空隙，那個小的空隙，又可以使地球安全幾百年，到那時，人類一定有辦法可以挽救自己的星球，或者乾脆放棄地球，遷移到別的星球上去居住了。」

張堅攤了攤手：「那你們還在等什麼？」

傑弗生苦笑了一下：「根據藤博士的意見，地球上最適宜地心熔岩宣泄的地方，是在冰島附近，泄出的熔岩，可以在冰島的附近，形成一個新的島嶼，但我們卻沒有法子做到這一點，因為我們不能由心控制地心熔岩噴發的方向，我們又不敢太過加強磁波壓力，怕熔岩在別的地方噴射出來。」

傑弗生講到這裏，轉頭向羅勃望去：「羅勃是南極冰原研究的專家，我們在這裏的資料中，得知波士頓將發生一次大地震，我們想挽救這場地震，想將這場地震轉移到南極來，但是我們又不知道南極冰層的具體情形，我們只好在那樣緊急的情況下，將羅勃請了來。結果我們挽救了波士頓，而由於羅勃的幫助，南極的冰層，也未曾全面碎裂。」

他苦笑了一下：「只不過由於行事太急，使得和羅勃同機的人都罹難了。」

我心中暗想：看來我是不能不相信傑弗生的話了，因為平心靜氣地來看，他的確不像是一個背叛地球的人，他關心地球的命運遠在我們之上！

傑弗生又道：「我本來一直以為我們不能由心控制地心熔岩噴射的地點，一定是來自別的星球的人，沒有做這一項研究的緣故，但是如今我才知道了，一定是除了這空中平台之外，另有一處地方，放置有別的儀器，而還未為我們發現之故。」

我的心中，猛地一動，我想起了那個冰洞，和冰洞中的已死去的怪人。

我知道傑弗生的估計是對的。

但是我還是問道：「那麼，你是為什麼忽然有了這樣的想法呢？」

傑弗生道：「那就是這場意外了。」

我問道：「什麼意外？」

傑弗生道：「便是毀去了史谷脫探險隊基地的那場意外。」

這件事，張堅對我說過好多次，我始終不明白是什麼意思，直到如今，我仍然不明白。

傑弗生不等我開口發問，便道：「我在你的帳篷外，挨了你的打，我的心中自然極其懷恨，當我置身於飛船之際，我不斷地詛咒着要毀去整個基地，結果，事情真的發生了，地火熔岩穿破了冰層，噴發了出來，毀去了基地。」

我仍是不明白：「那是什麼意思？」

傑弗生道：「很簡單，我的思想，變成腦電波，被電子人所接收，電子人接到了命令，它們之中的一個便去使用某一種儀器，使得地心的熔岩，在指定的地點，噴發出來，所以我說，這空中平台以外，一定還有另一處地方，是和這裏相仿的。」

我道：「那並沒有意思，你可以用你的思想，命令電子人，將地心熔岩，在冰島附近噴發的。」

傑弗生笑了起來：「這本來是再簡單也沒有的事情了，但是你，朋友，卻困擾着我的思想，我必須先要你明白我的為人。」

我聳了聳肩：「其實，一個人的品德是怎樣的，時間長了，自然可以弄清楚的。」

我這樣說法，無疑是在說我以前對傑弗生的認識大有錯誤，傑弗生聽了，顯得十分高興：「我們不但可以使地球沒有毀滅的危機，而且還可以使人類獲得永久的和平。」

我懷疑地問道：「這怎能夠？」

傑弗生道：「如今，世界各國正拚命地製造殺人的武器，可是不論什麼武器，能夠和地心熔岩的噴發力量相比擬麼？我們掌握了地心熔岩噴發的力量，便是最有力的武器，可以制裁好戰成性的侵略家！」

我呼了一口氣：「這就是你所說的用彈簧刀指嚇夜行人的政策麼？」

傑弗生笑了一下：「你的記性真好。」

我道：「好了，現在你的思想不受干擾了，你可以快些用你的思想來命令電子人行事了。」

傑弗生道：「快什麼？我們有將近一百多年的時間呢。」

我道：「我們中國人有一句話，叫着夜長夢多——」

我才講到這裏，還未曾來得及解釋「夜長夢多」的意思，忽然聽得外面，傳來了一陣十分奇怪的聲音，那一陣聲音，極其難以形容。我連忙一躍而起，拉開了門，傑弗生也已躍到了門前。

我們一齊向門外看去，傑弗生面色蒼白，高叫道：「天啊，這是怎麼一回事？」沒有人能回答他，因為沒有人知道那是怎麼一回事。只見到門外，橫七豎八地躺滿了電子人。

而在銅面罩之內，有連串的火花迸射，一種奇怪的，聽來如同金屬爆烈的聲音，正從電子人的身內發出來的。

我忙道：「傑弗生，你快令它們恢復正常。」

傑弗生連連搖着手：「不行，不行了，你看不見麼？所有的電子管都碎裂，成了廢物！」

等他這句話出了口，聲音、火花，都已經停止了。

羅勃在我和傑弗生之間，衝了出去，提起了一個電子人，銅面罩落了下來，飄出了一大蓬金屬碎屑，和一股焦臭的氣味來。

我望着傑弗生，道：「你可曾『思想』過要這些電子人毀滅麼？」

傑弗生一面搖着頭，一面連聲道：「我怎會？我怎會這樣做？」

我道：「那麼一定有外來的力量，使得這些電子人毀滅的了。」

張堅忽然叫了起來：「糟糕，駕駛飛船的是電子人，我們能夠離開這空中平台麼？」

傑弗生苦笑了一下：「要離開空中平台是十分容易的事情。但是還有誰有能力，使地心的熔岩，在冰島附近噴發呢？」

我看到傑弗生極度沮喪的神情，對他不禁十分同情，忙道：「不必灰心，我們可以努力。」

傑弗生揮着手：「那不是我們能力所及的事情，努力也是沒用的。」

我笑了一下：「譬如說，我知道那另一個控制的所在地呢？」

傑弗生望着我：「你這是什麼意思？」

我將我跌在冰海，在冰原上掙扎，發現那個冰洞的經過，說了一遍。

傑弗生大叫了起來：「天，你在電視熒光屏上看到的，一定就是地心熔岩了！」

我呆了片刻，回想着當時的情形，當時我所看到的畫面，和聽到的聲音，那像是使我置身於一隻極大的洪爐之中！

地球上當然不會有那麼大的洪爐，要有的話，那就是地心。我真難以設想，那種綠色人是以什麼方法攝取到地心熔岩，翻轉燃燒的情形的。

羅勃則帶着懷疑的眼光望着我：「你說他們，那兩人像綠色人，是呼吸氯氣的？」

我道：「我不能肯定是不是氯氣，但是那一種暗綠色的氣體，有着怪味，比空氣重。」

羅勃嘆了一口氣：「我們的見識實在太淺了，這兩個綠色人，來自何處？」

我又拿出了那張捲成一卷的相片來道：「他們自然是來自這個星球的，你看，幾乎一齊全是綠色的，除了綠色之外，便沒有別的顏色了。」

同時，我自貼身的衣袋中，取出了那張紙來：「這是我從那兩個怪人中的一個手上取下來的。那個人至死還握着這張紙，可見它一定十分重要，傑弗生教授，那上面的奇異文字，你看得懂麼？」

傑弗生教授接了過來：「我看不懂，在我看來完全是一樣的符號，到了電腦翻譯機中，譯出來的意思，是完全兩樣的，我們可以立即將這張紙上的怪文字翻譯出來的。」

他講到這裏，略停了一停，揚了揚那張紙，道：「根據我的經驗，這張紙上的文字，譯成英文之後，可能有一千字左右。他們是高度文明的生物，他們的文字也比地球人進步得多，一個符號，可以代表着許多許多的意思。」

張堅道：「那我們先將這張紙上的文字翻譯出來了再說，或許上面所寫的東西，有助於我們了解這些人也說不定的。」

張堅那時講這幾句話，當然只是一個臆測，但想不到他的話卻是真的，那張紙上所記載的一切，當真有助於我們對綠色人了解。

當時，我們跟着傑弗生，來到了另一間房間之中，那房間中，有一具中型電腦。

傑弗生按動了幾個掣，電腦上許多燈，便不斷地閃耀了起來。

傑弗生回過頭來，對我道：「這裏幾乎永不斷絕的電源，就是這個空中平台，也是由一種來源不明的電力所支持着的。這種電力，是無線傳送的，來自海面，我懷疑綠色人在海中建有發電站，無線傳電的方法，地球上也知道，但還只是在實驗的階段。」

他一面說，一面將我的那張紙，塞進了一個十分狹小的孔中，那張紙立時被捲成了十卷，輸送了進去，各種排列着的電燈，閃耀得更是迅速，令人看得眼花繚亂。

不到兩分鐘，在另一端，已有紙條自動伸了出來，紙條上全是小孔。

那和我們常見的電腦文字一樣，將長紙條塞入電腦附設的電動打字機中，打字機的字鍵，不斷地跳動，英文字出現在紙上了。

我們幾個人，一齊湊到了打字機之旁，去看已譯成了的英文。

那是一封信。

因為一開始，便是稱呼，稱呼是：人，地球人。

「或許你們永遠見不到這封信，或許你們能夠見到，我們也是人，但是來自一個十分遙遠的星球！——講出我們的星球的名稱，對你們是沒有意義的，因為地球人對地球之外的事，知道得太少了，銀河系已是你們天文知識的極限，而我們的星球，離銀河系的邊緣，還有七百萬光年的路程，你們難以想像吧！」

我們幾個人面面相覷，這的確是太難以想像了。

「我們星球的歷史遠較你們為久，因之我們的科學，已發達到了遠遠超過你們的程度，我們使用空間飛船，就和你們使用腳踏車一樣普遍，我們的生活過得很愉快，高度的文明，使我們幾乎想要什麼就有什麼，這種生活正是地球人所夢想的。

「但是我們也有不安的地方，那是我們發現了在遙遠的地方，有一個星球，上面也有生物，而且這種生物的科學正在突飛猛進，總有一天，他們會像我們一樣，也會發現我們。使我們感到憂慮的便是你們，地球，和地球人。我們絕不嗜殺，但我們知道地球人是嗜殺的，所以我們只有先毀滅地球。

「我們兩個人，奉派前來地球，這是一項目單獨執行的命令，即使是我們，也無法在那麼遙遠的空間中保持聯絡——我們的科學水平還未曾達到這一點。我們奉命在毀滅地球之後，再回到自己的星球去，我們是坐一隻極其龐大的飛船來的，在進入叫地球的大氣層後，我們將空中平台自飛船中移出來，在平台上，有着一切設備。

「我們利用地球上的磁性相抗相吸的原理，使空中平台停留在磁性極強的南極上空，我們裝配好了電子人，開始蒐集有關地球的資料。不久，我們便發現，要毀滅地球的最好方法，便是加強地殼的壓力，使得地球內部的熔岩受不住壓力而爆炸，那是最徹底乾淨毀滅地球的一個方法。

「我們兩個人，循着這條路走着，我們的工作進行得十分順利，我們已可以由心控制地心熔岩的噴發，我們第一個試驗地點，是美國的舊金山。

「這是我們第一次試驗，也是我們最後一次的試驗。我們的長程電視設備，使我們如同身歷其境地看到了舊金山大地震的慘狀，和地震發生之後，人們哀號痛哭的悲苦。

「我們是有高度文明的生物，在我們的一生之中，根本已沒有『殺生』這件事，我們在自己的星球上，互相之間，相敬相愛，快樂融融，享受着寧謐和藹的生活，但我們在地球上，卻製造死亡，這使得我們兩人，深受良心的譴責！」

我們看到了這裏，又不由自主抬起頭來，互望了一眼。高度文明的生物，一定有着高度的「良心感」，這是一定的事。

我們又繼續看着自動電腦打字機的捲軸上所升起來的紙張上的文字：「如果我們停止這樣的行動，我們將無以對我們自己的星球，如果我們那樣做，那麼我們實在是不能做下去，我們絕對沒有法子再做下去，我們不能毀滅地球，因為在地球上的人，其實是和我們完全一樣的，地球人的嗜殺，可能是進化還未達到高度文明的階段，過上幾千年，你們有可能會覺得戰爭的愚昧和殘酷，有可能不再熱中互相殘害。

「我們於是有了決定：我們犧牲自己。我們結束了自己的生命。那樣，我們便可以不必繼續再殘害地球人，也不必愧對我們自己的星球了。」

當我們看到這裏的時候，傑弗生教授喃喃地道：「偉大偉大，這是何等偉大的人格！」

藤博士沉聲道：「我相信他們兩個只不過是普通人，竟能有這樣高的操守，他們的確比我們進步！」

那封信還沒有完：「根據我們的統計，地球本身，在二〇八三年，將有一個大危機，所以我們在自己結束自己的生命之際，將一切全都留了下來，希望地球人能夠發現我們留下的設備，來挽救地球。我們所留下的電子人可以接受極微弱的電波指揮，地球人中必有人的電波是會和這種微弱的電波頻率相適應的。

「如果有這樣的一個人，那麼他便能指揮電子人，但是我們也作了防範，那便是，當那個人腦中所想的，並不是挽救地球，而是為了他一己之私，想命令電子人去操縱地心熔漿的噴發時，那麼他的腦電波的頻率，便會起極微程度的改變。

「這種改變，使電子人接受了一次錯誤的命令之後，所有的電子管便全部爆裂而失效，但願這樣的情形不會出現，又願這樣的情形雖然出現，但是卻沒有人受到傷害。」

傑弗生教授突然嘆了一口氣，「衛斯理，我實在太慚愧了，當我挨了你的打，而心中暴怒之際，所想的只是要毀滅探險隊的基地，卻不料這樣一來，便毀了那些電子人了。」

我苦笑了一下：「根本是我不好，我打了你，能怪你發怒麼？」

傑弗生連連嘆息。

那封信已近尾聲了：「人，地球人，祝你們好運，能夠逃過二〇八三年的那場劫運。我們星球派我們來毀滅地球，實在是多餘的，因為當地球人的文明，進步到能夠發現我們存在的時候，地球人的性格，一定變得和我們同樣的善良，絕不會進攻我們，而只會像添了一個兄弟那樣的高興！」

信末的署名，譯出來的只是沒有意義的拼音，那種拼音是十分難讀的，而且音節極多，我寫出來也沒有什麼意思了。

我們讀完了這封信，每一個人的心頭都十分沉重，各自坐了下來，一聲不出。

我在冰縫深處的冰洞中所看到的那兩個看來如此醜惡可怖的怪人，卻原來是有着如此高貴品格的星球人。他們奉命來毀滅地球。但是他們的良心卻受到譴責，使他們自己結束了自己的生命。

不但如此，他們遺留下了一切設備，使得地球人能夠挽救地球的大危機——因地殼的壓力增加而導致地心熔岩迸發的大危機。

他們更好心到了唯恐這些設備，陷入了野心家的手中，因此在傑弗生的腦電波因為強烈的自私感和復仇感之下，頻率受到些微改變的時候，電子人便自動的損壞，變成了一堆廢物。

我們五個人，靜靜地坐着，只是互望對方，卻是誰也不開口。

第八部

置身在地心之中

因為我們都覺得自己責任重大。

如今，知道地球將在二〇八三年發生大危機的只有我們五個人——我們五個人確知這是事實。

如果我們將這個消息宣揚出去，那麼只有兩個可能。

一個可能是：根本沒有人相信，以為我們五個人是瘋子在說瘋話。

第二個可能是：人類得悉地球的壽命，只有一百年的時候，便引起一場瘋狂的暴亂，世界末日的來臨，將使已積聚了一些文明的地球人，回復到原始人似地野蠻！

我們不能將這消息再傳播出去，我們也不能聽憑世界末日的來臨。

因之，我們只剩下了一條路：挽救這個危機。

要憑五個人的力量來挽救這樣的一個危機，幾乎是沒有可能的事。然而，有着那些設備，使我們五個人都有信心。

傑弗生教授說過，空中平台上的設備，可以使地殼壓力增加，使地心的熔岩噴發出來。而我深信在那個冰洞之中，另有一套設備，是可以控制熔岩噴發的方向和地點的。

照藤清泉博士的意見，地心熔岩最好的宣泄地點，應該是在北極冰島附近的海底口，那麼只要我們找到那個冰洞，學會了使用冰洞中的設備，我們的目的不是就可以達到了麼？

我們並不需要將地球內部的熔漿全部泄出來——事實上也決沒有這個可能——我們只消泄出極小部分，使得地殼的壓力，不直接加於熔漿之上，那就至少可以使地球又安然渡過幾百年了。

好一會，傑弗生才首先開口：「我相信，衛斯理你一定肯參加我們的工作了？」

這時，我對傑弗生的人格已不再懷疑，雖然當他這樣問的時候，我的心中想起過一些事，那些事便是我初和他見面時，他為什麼會給我如此惡劣印象的問題。

但其時，我正為那兩個星球人的高貴行動所感動，覺得我們每個人也都應該有高貴的品格。同時，強烈的責任感壓在我的身上，使我對我所想到的一切，只不過略想了一想便拋開，沒有進一步去想。

我點了點頭：「是，我願意參加這項工作。」

傑弗生站了起來：「我們歡迎！」其餘三人，都鼓起掌來。這場面未免太戲劇化了，我連忙道：「行了，我們該如何進行？」

傑弗生轉向我：「我仍然是這件事的領導者，衛斯理，你不反對吧？」

我道：「我當然不反對，你分配工作好了。」

傑弗生道：「藤博士，羅勃，你們兩人留在空中平台上，由藤博士掌管磁波壓力增強儀，羅勃則負責和我們聯絡，接受和傳達我的命令。」

藤博士和羅勃．強脫兩人，點了點頭。

傑弗生轉向我和張堅：「兩位朋友，我們去找那冰縫，那冰洞，找到了之後再說，你們可有什麼意見麼？」

我和張堅同聲道：「當然沒有意見。」

傑弗生道：「好，那我們就該走了。」他領先走了出去，我們跟在後面，走到了屋子後面，那裏有好幾艘海龜形的飛船停着。

傑弗生和我們，一齊上了其中的一艘，傑弗生坐上了駕駛位，檢查了一下儀器和通話、電視設備，飛船便已騰空而起，迅速地飛去。

傑弗生一面駕駛着飛船，一面道：「衛斯理，我們先飛到你跳下海的地點，再貼地向前低飛，那樣就容易找到那冰縫了。」

我同意道：「你這辦法不錯。」

飛船飛行的速度，快得驚人，而攝影角度可以任意調整的電視攝影器，所攝到的東西，反映在電視熒光屏上，可以使我們清楚地看到四周圍和天上、地下一切的情形。

不一會，飛船便已慢了下來，我們可以看到下面蔚藍的海。我想起自己跌落海中的情形來，那時，我豈能想像總有一天，我會和傑弗生坐在同一艘飛船中，和平相處，同做着一件事？

飛船的速度不但慢了下來，而且已離海十分低，向前飛着，是順着海流向前飛出的，不多久，我們便已經在冰原上面了。

一望無際的冰原，看來是如此的單調，我絕對無法辨認出這裏是不是我上次登岸的所在，因為冰原上有的只是冰和雪，而冰和雪看來都是一樣的，絕無記號可資辨認的。

飛船慢慢地向前飛，我和張堅都留心地注視着電視的熒光屏。

突然，張堅道：「轉左，這裏的積雪有着輕微的波紋，向左去，可能有冰縫。」

傑弗生連忙使飛船向左轉去。

幾乎是飛船才一轉過，我們就看到了那一道深不可測的大冰縫。

張堅當真不愧為南極探險家，他在南極的光陰並不虛渡，他對南極冰原的深刻了解，便是旁人所萬萬不及的。傑弗生拉了一個槓桿，飛船便直上直下地向下，降落了下去。

那種高速度的下降，真使我擔心飛船在冰層上碰成碎片，但是飛船在停到了冰上之後，十分穩定，甚至沒有震動。我們三人一齊下了飛船，傑弗生急不及待地問道：「可就是這冰縫麼？」

傑弗生的問題，我沒有法子答得上。

不錯，在我們面前的，是一道極深的冰壑，可能就是我上次掉下去的那一道，但也可能根本不是。因為我上次跌進冰縫，是被旋風捲進來的。而且這道冰縫極長，就算是那一道，要找那個冰洞，也不是容易的事情。所以我呆了半晌，沒有回答。

傑弗生像是知道我有什麼難題一樣，他回到了飛船中，不一會，便帶着一具如同小型吸塵器似的儀器，走了出來：「不要緊，我們可以用這具電波探測儀，沿着冰縫慢慢地走。如今所說，冰洞中的一切，包括那具電視機在內，性能既然都十分完好，那當然會有電波發出來的，儀器一有反應，我們便可以知道那個冰洞的正確地點，可沿索而下了。」

我們一齊沿着那道冰縫向前走着，我們是緊貼着冰縫的邊緣走着的，幾乎一失足，便有可能跌下去。我們不時向下望去。

冰縫的下面，閃着一陣陣奇異的青光，彷彿那下面便不是人世間。

事實上，冰原上的荒涼，單調，的確已不像人世了，而冰縫下面，更帶着詭異的氣氛。我們沿着冰縫，走出了很遠，傑弗生手中的儀器，發出了「嘟嘟嘟」的聲音來，他的面上現出了極度高興的神采：「這裏，一定是在這裏了。」

我伏了下來，我也看到了那股繩索，那股曾救過我性命的繩索，我也肯定地道：「是這裏了，你們看到那繩索沒有?」

我記得我由這條繩索攀上來的時候，繩索上所結的堅冰，被我弄碎了的，但如今，繩索上又滿是堅冰了。

傑弗生和張堅兩人，也都看到了那股繩索。我道：「我先下去，你們跟在我的後面，要小心，冰是滑得幾乎把握不住的，如果一跌下去，那就什麼都完了。」

傑弗生道：「當然，你最先下去，也最危險，因為任何一個人一失手，必然將你也帶了下去了。」

我吸了一口氣，慢慢地攀下冰縫，握住了那股滿是堅冰的繩索，在雙腳還未曾鬆開時，我道：「在迅速向下滑去的時候，不用怕，因為在繩索的盡頭處，有一個大結，是足可以將我們的下滑之勢阻住的。」

他們兩人點着頭，而我話一說完，雙腳一鬆，雙手握住了冰繩，人已迅速地向下滑了下去，下降的速度，愈來愈快，冰縫的情形，和我上次落下的時候，並沒有什麼分別。

可是我卻感到，這條繩索，好像不是我上次攀援的那一條！它比上次那條長得許多，這上下，我應該已在繩索盡頭的結上止住了下滑之勢了，但是如今的那條繩索，卻還未到盡頭。

我心中泛起了一股寒意，希望那是我的記憶有誤，我向下看着，我心中的懷疑，不消一分鐘，便已經有了確實的答案。

我的記憶力十分好——這正是不幸之極的事情：這根繩索，並不是我上次滑下的那根。

這根繩的盡頭處，並沒有一個大結！

我如今的下滑之勢，幾乎是和從高空落下的勢子，沒有什麼分別的，加速度的結果，使我下墜的速度快極。

當我看到那繩子的末端，並沒有那樣一個大結之時，我離繩子的盡端，大約還有二十公尺左右。我立即發出了一聲大叫。

我一聲大叫，在冰縫中，盪起了驚人的迴聲。

我一叫之後，我離繩子的末端，已經只有十公尺了。

我身子猛地一屈，雙足用力在結滿了堅冰的繩子上一蹬，那是爬繩的技巧，雙足一蹬之後，繩子一曲，下落之勢子便可以止住了。

但是，這根繩子之上，卻是結滿了滑溜溜的堅冰的，我雙足在繩子上一蹬，並沒有能使繩曲起來，我的腳滑了開去。

這一來，我又向下落了五公尺。

那接下來不到一秒鐘的時間，是我的生死關頭，我實是沒有再多考慮的餘地，我猛地張口，向繩子咬了下去！

我自己也不知道我的一咬，竟可以如此有力！

繩子上的堅冰被我咬穿，我的下落勢子，也陡地停住，我的牙齒疼得難以忍受，當傑弗生的雙腳，踏到我頭頂的時候，我的牙齒，像是要離體而去一樣。

接着，張堅也滑下來了，他的雙腳，踏在傑弗生的頭上，我出不了聲，只是盡我的力量，取出了小刀來，刮去了繩上的冰，等我的雙手，牢牢地抓住了繩索之後，我才鬆了口。

我喘了幾口氣，張堅和傑弗生也用和我同樣的方法，穩住了身子。

我們三個人，像是一串魚似的呆在繩上。

我回答他：「我們找錯地方了，這條繩的末端沒有結，我們差一點全跌下去了。」

傑弗生補充道：「衛斯理在千鈞一髮之際，咬住了繩子，救了我們。」

這時候，我才感到滿口鹹味，原來我口中，全被冰割破了。我苦笑了一下，道：「我們快設法上去吧。」

張堅道：「可是，探測儀卻證明這下面有着電波發出，探測儀會騙人麼？」

我向下面望去。

剛才，當我滑到繩子盡頭的時候，我的全副心神，都放在如何止住下滑的勢子這一點上，並未曾注意到冰縫再向下去，是什麼樣的情形。

這時我才低頭向下看去，我可以看到冰塊的反光，在我們腳下，竟已是冰縫的底部了。而冰縫向前延展出去，在前面不遠處，好像有燈光在透出來。就算不是燈光，那一定也是某種會發光的東西，目前光芒反映在冰上，現出奇幻的色彩來。

我們這時鬆手落下去，那是不會受傷的，但如果剛才以那麼快的勢子滑跌下去，卻一樣會沒有命。我道：「我們下去看看。」

張堅首先點了點頭：「好，我攀下過不少冰縫，但到冰縫之底的，卻還是第一次。」

我屈起了身子，手一鬆，我的身子，便滑了下去，由於我早已屈起了雙腿，所以使我的身子變得有彈力，落地之後，立時一躍而起，張堅和傑弗生兩人，也落了下來。

我們向着那有光發出的地方走去，冰上十分滑，我們都各自滑跌了好幾次。

那種感覺是十分奇妙的，試想想，置身在數百公尺厚的冰層之下，四周圍全是閃耀奇麗光彩，水晶也似的堅冰，這豈不是奇妙之極。

當我們還未看到發光的究竟是什麼東西之際，我們已看到了那個冰洞。

那冰洞比我比上次到過的冰洞還要大些，但是卻空空洞洞的。而且，在冰洞的中心，另一個深不可測的地洞，通向下面去。

在那個地洞之旁，放着一艘小型的飛船。

傑弗生攀在飛船的艙口看了看，轉過頭來：「這艘飛船是完全可以用的，我們可以坐這艘飛船，飛出冰縫去。」

我望着那個深不可測的地洞：「我們何不坐這飛船，沉到地洞之下去看看？」

張堅立即贊成我的提議，我們三個人，擁進了飛船，由傑弗生駕駛，飛船的性能果然十分好，它在向上騰起了幾尺之後，立即從地洞中降了下去。

我們的眼前，立即一片漆黑，傑弗生一調節着電視裝置，使電視能見度調整到最遠。

可是電視的熒光屏上，卻仍是一片漆黑！

我們一直向下降着，飛船中有記錄下降深度的儀器的。但我們卻看不懂，因為我們不知道究竟已降到什麼深度了。

過了幾分鐘，傑弗生轉過頭來：「根據我的估計，我們至少已下降七萬公尺以上了。」

我吃了一驚：「那麼，我們豈不是要直降到地心中去？」

我本是無意識說的，但傑弗生卻大聲道：「對了，這個地洞，一定是直通地心的！」

張堅緊張得有些口吃起來：「這怎麼可能？地心是熔漿，不會噴出來的麼？」

傑弗生道：「我也不知道，但是我卻覺得，我們繼續的下沉，一定會到地心。」

我也覺得有些不可思議：「你是說，我們可能到達熔漿中心？」

傑弗生苦笑道：「請原諒我，這世上沒有人到過地心，我也沒有法子想像，當我們到達地心的時候，究竟是什麼模樣的。」

張堅嘆了一口氣：「我在南極那麼多年，只知道南極唯一的活火山，是埃律勃斯山，如果能通向地心的話，想來也應該從埃律勃斯山的噴火口下去，卻不料竟在這裏！」

傑弗生一面駕駛着飛船，一面在許多鈕掣上移動着他的手指。

我吃了一驚：「教授，如果你不明白這些鈕掣是什麼用的話，最好不要亂按。」

傑弗生道：「我想，這艘飛船應該有燈光可以發出的，如果飛船能發出燈光的話，我們就可以看清楚我們是置身在什麼地方了。」

我忙道：「那當然，但如果你按錯了掣——」

我才說到這一裳，傑弗生教授已向着一個白色的掣，按了下去。

我和張堅在陡地一怔之後，我們都呆住了！

本來是漆黑的電視熒光屏上，這時，突然之間，出現了奇妙之極的顏色來。我實在難以形容那麼多，那麼絢麗的顏色，那使我們如同置身在一隻巨大無比的萬花筒之中。

每一種顏色，都閃耀着光芒，而紅的、綠的、黃的、紫的……許多許多光芒在一起閃耀，那種感覺之奇妙，實足以令得任何人瞪目結舌。

我們呆了並沒有了多久，傑弗生先生才首先驚歎道：「天啊，這……全是寶石，全是結晶體最完整的寶石，全是最純精的寶石！」

的確，那裏全是最純精的寶石，從飛船下降的速度來估計，這樣的寶石層，至少有一公里那樣厚，接着，寶石層過去了，我們在電視熒光屏看到的，是赭紅色的岩石，赭色很深，像是乾了的豬血。

赭紅岩石層更厚，在那種岩石層中，間或有大顆大顆深藍色的寶石。

突然，岩石的紅色在增加，赭色在消退，直到岩石變成了完全的紅色，從電視熒光屏出現的那種紅色，將我們三個人的臉都映得紅了。

愈向下去，紅色便愈淡，岩石層的顏色在轉變，起先是變成橙紅色，後來是橙色，再後來，是金黃色、金色，金色之中更帶有白色，到後來，是一片白色，我們的眼睛已不能逼視熒光屏了。

傑弗生教授喃喃地道：「那是接近熔化鋁的所發出來的光芒，我敢打賭，那一定是鋁！」

鋁本來是地球上蘊藏量最豐富的金屬，在接近地心部分，大量的鋁蘊藏着，倒也不是不能想像的事。

但是，鋁的熔點極高，如果那種灼白的光芒，是鋁近熔化時所發出來的，那麼我們飛船之外的溫度，至少超過攝氏一千度了。而我們在飛船之內，卻又並不覺得如何之熱。

再接着，眼前突然又黑了下來。同時，我們也聽到了一種異樣的聲音，傳了上來。

那種聲音，實是十分難以形容，乍傳入耳中的時候，像是有一頭老虎在遠處吼着，漸漸地，在怒吼着的猛虎，不止是一頭，而變成了十頭、百頭、千頭、萬頭……等到我們的心神，全皆為那種震吼聲所驚懾，而變得目瞪口呆之際，虎吼聲已經絕對不足以形容那聲響了。

我記起了我在那冰洞中，當電視上出現如熔爐中心般的烈火之際時我聽到的聲音。

我們的確是在通向地心，的確是的。

我忍不住叫了起來，可是不論我叫得多麼大聲，我都無法聽到我自己的聲音。

因為那種轟轟發發的聲音，已經掩蓋了一切，使得所有的聲音，全都淹沒了。

我向下指着，做着手勢，但傑弗生和張堅兩人，顯然是緊張過度了，他們甚至看不到我在做手勢。

接着，電視熒光屏上，便出現了灼亮的一點。

那一點極小，在熒光屏上看，只如一個針尖。但是它小如針尖，它亮的程度，卻使人睜不開眼來。

那一點灼亮的點，在漸漸變大。

而電視熒光屏上可見的其他地方，也在漸漸地變亮，那是一種紫紅色，像是一塊鐵被燒紅了之後，慢慢地冷卻時的顏色。

愈向下去，紅的顏色也愈是顯著，而小型的物體，看來也已不像是固體，而是膠狀的物事，我們還發現，在洞壁處，像是有很厚的一層透明的東西擋着。

因為我們已看到，在顏色愈來愈紅之後，洞壁上的物體在流動，但是卻並不向外溢出來，那當然是有東西在擋着這些膠狀的熔岩了。

我們三個人都知道，我們是將接近地心了，如今我們可以説已在地心之中通行。這個洞，無疑是綠色星球上的人開出來的。

那艘飛船，當然也是可以耐高熱的物質所鑄成的，因為這時，我們處身之處的溫度，可能高至攝氏幾千度，但我們卻仍然不覺得熱。又過了五分鐘，四周圍已漸漸地成了一片灼白，我們之中，沒有人可以睜得開眼來逼視，到後來，電視熒光屏下發出來的光芒，使我們閉上了眼睛。

我雙手亂摸着，摸到了一塊玻璃片，那是一塊黑玻璃片，我將之放在眼前，再睜開眼來，我眼前是一片奇異的，翻騰着的火！

雖然隔着一塊玻璃片，我的眼睛，在一分鐘之內，仍然感到刺痛。

我將玻璃片交給了張堅和傑弗生，他們兩人輪流着看了一會，我向傑弗生做了一個手勢，示意他飛上去。

因為我們這時，可以說已經置身於地心之中了！

地心像是一隻碩大無朋的洪爐，我們的飛船雖或可以在這個熔爐中自由飛行，但是總是冒着許多危險的，而且，那種灼亮的光芒，使我們沒有可能進一步看清地心的情形。

在這樣的情況之下，我們再在地心中耽下去，也沒有多大的意思了。

傑弗生遲疑了一下，點了點頭。

也就在這時，我們看到了一根如同壘球棒似的東西，懸浮在空中。

那根像是壘球棒似的東西，分明是一支電視攝像管，那當然也是我在那個冰洞中之所以能夠看到地心情形的原因。

我們又看到，在那根電視攝影管之下，是一塊深藍色的大結晶，我們仍可以看到下面翻流着的熔岩。

那一大塊結晶，將熔岩擋住，使它們不會噴發出來。

這時，我們對人類的無知，和那綠色星球上的人科學之進步，不禁生出了無限的感歎來。那個綠色星球，只派來了兩個「人」，便能夠將地球像麵粉糰似的由心擺弄。旁的都不去説，單是這一個直通地心的深洞，地球人不知要過多少年才能夠做得到，而那塊藍色的透明結晶，究竟是什麼東西，地球人在短時間內，只怕也絕難研究得出來。

我們使飛船停在那一塊結晶上，調整着電視的畫面，使我們更能夠看清地心熔岩在地心滾翻的情形。身臨其境，更感到這的確是地球的大禍胎，實難想像當地球地殼的壓力增加，地心熔岩受不住壓力，而全部噴發出來之際，會是什麼樣的可怕情形！

那當然是真正的世界末日了！

我們並沒有停了多久，傑弗生教授拉起一條操縱桿，飛船向上升了上去，我們經過了下來時的各地層，又到了寶石層中。我當時的估計，寶石層約有一公里厚，但這時飛船向上飛去，寶石層的厚度，大約在三公里左右，過了寶石層，便是各種隕石結成的岩層，再是以十公里計的橄欖石、花崗岩層，以及各種岩石所構成的地殼。這些岩石層，我們在下去的時候並未看到，因為那時我們未曾亮着飛船四周圍的照明燈。

等到在電視熒光屏上，又出現青森森的冰層之際，我們知道，我們又在冰縫中了。我們三個人都不由自主地鬆了一口氣。冰層雖然陰冷可怖，不像人世，但當我們經歷過接近地心邊緣，面對着那種發出驚心動魄的聲音之後，冰冷的冰層，看來便顯得十分親切了。

我們出了冰層，在冰原上停了下來。另一艘飛船，仍靜靜地停在一旁。

我們出了那艘小飛船，舒了舒手足，傑弗生到那艘大飛船上去了一會，我和張堅則在冰原上徘徊着。

不到兩分鐘，傑弗生的聲音，便傳了過來：「衛斯理，你到過的冰洞，距離這裏，約有十七公里。」

我們看到傑弗生話一説完，便出了飛船，忙同聲問道：「你怎麼知道？」

傑弗生笑嘻嘻地道：「那是我剛才看到那支電視攝像管之後產生的靈感。你説那冰洞中的電視接收機還是完好可用的，那麼，在攝像管和接收機之間，必然有着極微弱的電磁波聯絡，我已經利用探測儀，找到了那個冰洞的準確位置了。」

張堅忙道：「希望真的正確，若是再跌下冰縫去——」傑弗生走了過來，在張堅的肩頭上，用力一推，冰地上十分滑，那一推，推得仰天跌在地上。

如果不是張堅長期在南極生活，懂得怎樣跌在冰上，才不至於受傷的話，這一跤可能已跌斷了他的手足了。可是傑弗生卻並不去將張堅扶起來，他只是哈哈地笑着，情形很有些反常。

我呆了一呆，走過去將張堅扶了起來，張堅望着在狂笑的傑弗生，面上也露出大惑不解的神色來，搖了搖頭道：「他太高興了！」

傑弗生當然是太高興了，才會這樣失常態的。

但是，我不禁在心中自己問自己：他究竟是為了什麼而高興成那樣的呢？

傑弗生笑了好一會，才道：「我們有了這艘小飛船，連地心都到過了，還怕會跌下冰縫去嗎？」

張堅道：「那你也不用將我推得跌在冰上的！」

傑弗生又大笑起來，道：「來吧，我們快到那冰洞上去吧。」

第九部

權力使人瘋狂

我和張堅先進了那小飛船，仍由傑弗生駕駛，飛船貼着冰原，向前疾飛了出去，十七公里的路程，若是要在冰原上步行，一天的時間，未必能走得到，但是小飛船卻只用了兩分鐘，便將我們載到了那一道大冰縫之前，飛船開始下降，我們看到了那條繩索，上面的冰是給我用小刀刮去過的。

在繩子的近頭處，便是那個大冰洞。飛船直到進了洞，才停了下來。

我們一齊出了飛船，冰洞中的情形，和我上次來的時候一樣，只是少了那兩個綠色人而已。

傑弗生教授帶着狂喜的神情，奔向那具電腦之前，他略看了一看，便發出了一陣歡嘯，手舞足蹈了起來。我忙問道：「怎麼樣？」

傑弗生一拍額角：「解決了，什麼問題都解決了！」張堅喜道：「你是說，我們已可以使地心熔岩，在任何地方宣泄出來？」

傑弗生道：「嚴格地來說，並不是任何地方，我以前的估計有錯，你看！」他伸手一按電腦裝置上的一個掣，有一公尺見方的一塊毛玻璃也似的裝置，亮了起來，可以看到裏面有一隻球，在緩緩地轉動。

那隻球上的陰影和幻影，使人一看便知道那是一隻地球的模型。在那隻地球模型上，有着許多密佈的小紅點，在閃着亮光。

那些小紅點，在中國的西北部、蘇聯的烏拉爾山區、西伯利亞一帶，沿太平洋的一長條地區、從庫頁島起，一直到夏威夷，以及南斯拉夫、希臘、意大利、和北美洲、中美洲的某些地區，特別濃密。在南美洲智利、阿根廷一帶，則不是紅點，而是接連的一大片紅色。在冰島附近，有看來特別明亮的一個紅圈。

整個看來，那好像是表示人口密度，每一點代表若干人的統計圖。但那些紅點，當然不是表示人口密度的，誰都可以知道庫頁島沒有多少人，但是那種紅點在庫頁島下卻是極多！

傑弗生注視着那像是「走馬燈」似地在轉動着的地球模型，良久，他才發出了一下感歎之聲，道：「藤博士真了不起。」

我和張堅都不明白他是什麼意思，但不等我們發問，他已經説道：「你看，這裏的紅點，是代表着地殼最容易發生變動的地方，也就是說，當我熟悉了操縱這具電腦之後，我就可以使地心的熔岩，在這些紅點之中任何一點噴發出去。」

我聽出傑弗生的話，語氣已經和以前有些不同了。以前，他總是稱「我們」的，將我們在進行着的事稱為「我們共同的偉大事業」。

但如今，在提到可以使地心熔岩隨意噴發的時候，他卻改稱「我」了。那當然只是極其微小的改變，可能只是口誤，不留心是不會覺察到的。然而，傑弗生面上的那種近乎狂熱的神情，卻使我覺察到了這一點。

我知道，當一個人多說「我們」的時候，他往往是一個偉大的人。而開口閉口，只是一個「我」字的話，那麼就成問題了。

我吸了一口氣：「那麼，藤博士又如何了不起呢？」傑弗生指着那在緩緩轉動的地球模型，道：「你看到了沒有？在冰島附近的海面上，那符號是與眾不同的。藤博士曾說過，理想的熔岩宣泄地點，是在冰島附近的海域中，他的見解，和綠色星球上的人，見解是一致的，他不是極了不起麼？」

我道：「那我們該和他聯絡了，你可要召他下來，和你一齊研究如何操縱電腦麼？」

傑弗生一聽，立即張開了雙手，作出一個攔阻他人，不讓他人接近電腦的姿勢來：「不，這工作歸我一個人來做！」

我和張堅兩人，互望了一眼。

這時，不僅是我，連張堅也看出傑弗生的態度在起着變化了。

我連忙問道：「為什麼你一個人來做？為什麼你不要助手和你一齊做？」

傑弗生揚起頭來，他的神氣，看來有一些像是紀念塔上的一尊像，他的面色，紅得異樣，他更以一種近乎夢囈也似的聲音道：「因為我要只有我一個人有這種權力。」

我和張堅兩人同聲問道：「權力？」

傑弗生哈哈大笑起來：「不錯，權力，你們難道想不到麼？我所握有的，將是世界上最高的權力！有的人以為可以指揮百萬軍隊，便是握有至高無上的權力了，可是你們想想，一百萬軍隊和我所握的權力相比較，將是何等渺小？」

我耐着性子等他講完，才沉聲道：「傑弗生，你面上的假面具終於撕下來了。」

傑弗生在聽到我的話之後，陡地一呆。

他這一呆，足足持續了半分鐘之久，我不知道他在這半分鐘之內想些什麼，但是我卻可以肯定，傑弗生以前和我講的一切，那就是，當他在發現這具控制電腦之前，他的確是一心要為地球解決劫難的。

可是，當他一旦發覺了這具控制電腦，發現他自己將可掌握的，乃是世界上至高無上的權力的時候，他在剎那間改變了主意！

這實在是人的本性，這世界上，最吸引人的，就是權力，為了爭權力，多少人已經喪失了生命，多少人還在拚命！

自古至今，沒有人能對權力看得開！

我望着傑弗生，在傑弗生的面上，又現出那種狂熱的神情之際，我猛地踏前了一步，舉起那張沉重的金屬椅子來。

傑弗生吃了一驚：「衛斯理，你想作什麼？」

我高舉着椅子：「傑弗生，如果你還不改變你的念頭的話，我就將這具電腦毀去。」

傑弗生大叫道：「你在說些什麼？你毀去了這具電腦，就等於要使地球在一百年之內爆裂，你是已知道，若不是有一次大規模的宣泄，地心熔岩是再也受不住地殼的壓力的了！」

我冷冷地道：「那也比世上出現一個有着這樣權力的人好。」

傑弗生怪聲笑了起來：「這又是什麼話？如果不是我，地球將沒有救了，我是地球的救主，我可以在地球人的身上得到我所要的東西，這是我應有的權利，我是救主！」

我實在不能再聽下去了，在這世上，自認救主的人，太多了。這些自認「人類救星」的人，正在做着卑鄙的事情。

我雙臂發力，手中的椅子向前拋了出去。

然而也在這時，「砰」地一聲響，傑弗生不知在什麼時候，已握住了槍，而且向我發射。

那一槍，正射中我的右肩，使我的身子，猛地向右，側了一側，那張沉重的椅子，也沒有擊中那一具電腦。

我低頭看我肩頭的傷口，鮮血滴了下來，滴在冰上，立時凝成了一粒一粒的冰珠子，張堅站在我的身旁，傑弗生教授則狂笑着：「沒有人可以阻止我，沒有人能違背我的意思，所有的人都將服從我，我是這世界的主宰，是這世界的再創者！」

傑弗生叫得有些聲嘶力竭，張堅趁機回過頭來望我：「你不要緊麼？」

我道：「我沒有什麼，我們要設法奪下他的手槍來。」傑弗生繼續高叫：

「我的話便是真理，因為我掌握着至高無上的權力，誰違逆我的，誰就要徹底滅亡！」我撕破了上衣的衣袖，將肩上的傷口緊緊地紮了起來，疼痛才稍為減輕了些。

張堅向着傑弗生慢慢地走了過去，傑弗生仍然近乎發狂地高叫，張堅走到了他的面前，突然大聲叫叫道：「傑弗生！」

傑弗生猛地一呆，張堅的拳頭，已重重地向他的下頷揮去，那一拳擊在傑弗生的下頷上，發出了極其清脆的聲音來。

而傑弗生的身子，猛地向後退去，我連忙叫道：「張堅！奪槍！」

張堅連忙向前跨了出去。

但張堅的行動，一定是太匆忙了。他在向前跨出一步之際，身子一個站不穩，竟向前跌了出去，跌在冰上。傑弗生想向他放槍，但他是被張堅擊得向後跌出去的，冰面極滑，他一時也穩不住身形。

他雙臂揮動，想要平衡身子，但是他的身子，卻仍然不斷向後退去，在那樣的情形下，他當然沒有法子向張堅瞄準發射的。

當時的情勢，可以說是緊張到了極點，傑弗生的心理，已生變態，而他的手中有槍，他是絕不在乎殺死我們兩人的。

只要他一穩住了身子，我們兩個人的命運，便要見分曉了。

我當然不會甘心死在這樣一個近乎發狂的人之手，我已經蓄定了勢子，準備向前，疾撲了過去。但是也就在這時，傑弗生的身子，猛地向後一仰，他向那具電腦，跌了下去。

他的左手伸向後面，拉住了一個操縱桿，將那個操縱桿拉得下沉。而他的身子，則剛好壓在一排按鈕之上，將幾個按鈕，壓了下去。

傑弗生並不是有意去拉動操縱桿和壓下那些按鈕的，他只不過想要藉此穩住身子而已。

我見事情再不能延遲，連忙一撲向前，張堅也在冰上滾了過去，抱住了傑弗生的雙腿，我們三個人，幾乎是一齊滾倒在地上。

傑弗生一槍又一槍的放射着，但是因為他的手臂被我緊緊地壓着，所以他一槍也射不中我們，子彈呼嘯着嵌入了冰中，等他射了六槍之後，我知道他的槍中，已沒有了子彈了。

我放鬆了他的手背，站了起來。

肩頭上的劇痛，使我在站了起來之後，身子一個搖晃，站立不穩，我連忙伸手向最近可以按手的地方按去，等到我按下去時，我才發現那地方是兩排按鈕，給我按下去了幾個。

也就在這時候，整具電腦，突然發出了一種如蜜蜂飛行時一樣的「嗡嗡」聲來，大部分的燈，都開始連續的明滅不定。

即使是我這樣，對電子科學完全外行的人，也可以看出這具電腦在開始工作了。

傑弗生和張堅兩人，也都站了起來。

我們三個人都呆住了，我甚至連肩頭上的疼痛也忘記了。

這是一具極之複雜的電腦，即使像傑弗生那樣，地球上首屈一指的電子學專家，電腦的權威，要學會使用這具電腦，弄明白這具電腦各個按鈕的作用，只怕也不是三五日之內所能夠做得到的事。

可是，這時候，電腦卻在工作了。

電腦由靜止而工作，當然是因為剛才傑弗生拉動了那個操縱桿，按下了幾個按鈕，和我也按下了幾個按鈕所造成的。

天知道這具電腦將會做出一些什麼事來！

由於我們至少知道，這具電腦，是和增加地殼加於地心熔岩上的壓力有關的，而且，還是可以使壓力的增加不均勻，使得熔岩在加壓力較少的地區噴發，造成地震或是火山噴發的巨大災害的！

更有可能，由於我們胡亂按動鈕按的結果，而使得壓力增大，不能控制，使得整個地球，就此毀滅在我們兩人之手。

我們三個人站着，一動也不動，心中充滿了莫名的震駭。

我們不知道將發生什麼災禍，我們也無法去防止它，因為我們絕不知道如何去施用那具電腦！

從那種「嗡嗡」聲和電子管閃亮的情形來看，這具電腦正在不斷地發出磁性電波——那當然是指揮一些在別地方儀器進行工作的。

我們看到，那具電視，陡然亮了起來，和我上次所見到、聽到的一樣，烈焰翻騰，驚人的大聲，立時充滿了整個冰洞。

我們一齊轉向那具電視看去，只見出現在電視熒光屏上的熔岩，翻騰得異乎尋常，那種情形，足足維持了有一小時之久，突然地，一切又靜了下來。

電腦的「嗡嗡」聲也停止了，我們慢慢轉動着幾乎已僵硬了的脖子。

張堅是我們三個人中最先出聲的一個人，他突然伸手向那個地球模型一指：「看！」

那地球模型仍在轉動，但和以前有所不同，在中心部分，有一股紅線，指向地面，所指的地方，看來像是中東。

在張堅指給我們看的時候，那股紅線已經十分淡了，接着，紅線便失去了蹤迹。

張堅又叫道：「發生了什麼？剛才究竟發生了些什麼事？」

傑弗生吸了一口氣，冷靜地道：「剛才我和衛斯理，發動了一場大地震。」

我連忙叱道：「胡說！」

傑弗生冷冷地道：「剛才，我按動了一些按鈕，你也按動了一些按鈕，接着事情發生了，是不是？」

我的呼吸十分濃重，道：「你何以知道一定是發生了一場地震？」

傑弗生道：「我知道，這是我下意識的作用，今天是——」他揚起手腕來，道：「九月一日，你記住這個日子好了。」

我當時不出聲，如今我在寫這篇東西的時候，我也不出聲，讀者如果有興趣的話，去查一查近幾年來，九月一日曾經發生過什麼大事，就可以知道我為什麼不寫出來的理由了。

當然，我和傑弗生絕不是有意造成這樣一件事的，而且，在我的請求下，藤清泉博士作了長時期的研究，證明即使不是我和傑弗生誤按鈕掣的話，事情一樣要發生的，因為地殼包住地心的岩漿，情形頗有些像破布包一包漿汁，總有地方要裂出來的，但我仍是內心不安，直至今日。

張堅忙問道：「什麼事，傑弗生，你說究竟發生了什麼事？」

傑弗生的面色突然一沉：「如今不必多說了，我能拯救地球，我當然也有權取得拯救地球的代價，我們五個人，仍可以很好合作的——以我為首。」

我肩頭上陣陣的劇痛，使我只能倚着冰壁而立，張堅望着我，他顯然已沒有了主意。

我又長長地吸進了一口冰冷的空氣，等到呼出來的時候，凝成了一道白色的帶，像是噴射機噴出來的白煙一樣。

我道：「傑弗生，我以為先待我的傷好了之後，再作決定。」

傑弗生現出了一個近乎猙獰的笑容來：「不，衛斯理，最難對付的是你，如今你正受傷，那就是對付你的好機會，你必須答應下來。」

我苦笑道：「這算是什麼，威脅我麼？」

傑弗生道：「可以那麼說，我將要展開一連串的威脅行動，如果我不能使你就範的話，那麼，我怎能使各國首腦就範呢？」

我迅速地轉着念，我裝出十分衰弱的樣子，身子沿着冰壁，慢慢地滑了下去，終於坐在冰上：「那麼你的計劃怎樣？」

傑弗生哈哈地笑了起來：「我們五個人，組成一個集團，你將是我們政策的執行者和宣布者，你是我們的巡迴大使。我先發公函給各國政府，先在指定的時間內，在指定的地點，造成一場海嘯、地震或是火山爆發，使各國政府知道我們已經掌握了這種超人的、無可比擬的破壞力量！」

我苦笑了一下：「然後怎樣？」

傑弗生道：「然後，我們就提出需索了，不論我們要什麼，沒有國家會拒絕的，因為我們所掌握的破壞力量，是無可抗拒的！」

他倏地轉身，指向那地球模型。

他的手指不斷地指着，嚷道：「這裏是華盛頓，這裏是東京，這裏是柏林，這裏是倫敦，我可以在舉手之間，令這些城市，完全變成廢墟！」

我這時已坐到了冰上，我裝成十分衰弱的樣子，目的是要傑弗生認為我在受傷之後，已不能再有力量對付他了。可是這時，我聽得傑弗生教授講出了這樣的幾句話來，我真的坐在地上發呆起來。

我是在那片刻之間，忽發奇想，想到如果我們幾個人，真的組成這樣一個集團的話，那我們大可利用我們所掌握的力量，來使得世界上所有國家停止核競賽，不再作戕害人類，遺禍極巨的核試驗，消滅一切武器，確保世界和平！

這是不是可行的呢？

我相信，如果我們的通牒一送出，那就算最頑固，最迷信核力量的國家，都要鄭重考慮我們的威脅。

然而，我又立即想起，毀滅性的核武器，分別掌握在幾個國家手中，則起着相互間牽制阻嚇的作用，誰也不敢輕易使用。

而我們這幾個，若是掌握了隨時可以毀滅一個國家、一個城市的力量的話，那我們是否會變成狂人呢？那是絕對可能的，人的天性是秉承着一切動物天性而來的，而一切動物，即使是最合群的，也有着排他心。權力，謀取自己永久的神聖的地位，這幾乎是一切動物的本能，而人則更甚。傑弗生教授的本意，我相信也是十分好的，但當他一旦發現自己掌握了這樣大的力量時，他就成為了力量的犧牲者，不是他在操縱力量，而是力量操縱了他，使他成了一個狂人！

我低着頭想着，我迅速地得出了結論：這具電腦，和與這具電腦聯繫着的地心壓力增加儀器，必須被毀去。

可是，事情卻不是那麼簡單。

因為若是就這樣毀去了這具電腦之後，地心熔岩將無法在冰島附近的海底宣泄，地球在不到一百年間，就會毀滅了。

眼前的問題是，首先要學會使用這具電腦，然後才將之毀去，不使它落入任何人的掌握之中。

而迫在眉睫的問題，則是如何對付傑弗生。

我想我一定已想了許久，因為傑弗生已連續地在催我答覆了。

我忍着肩頭上的疼痛，抬起頭來，說了一句含糊的話。

傑弗生當然未曾聽清楚，因為連我自己也不知道在說些什麼，我是故意令他聽不懂的。

他向前踏了一步：「你說什麼？」

我又將那句話喃喃地重複了一遍，傑弗生又向前走來，並且俯下了身子，湊近來聽。

他這時所擺出來的姿勢，等於是送上來挨揍一樣，我絕不猶豫地抬起了拳頭，拳頭碰在傑弗生的下頦上，發出了極其可怕的聲音來。

我還怕傑弗生不昏過去，再伸足一勾，傑弗生的身子像木頭也似地向下倒去，後腦撞在冰上，又發出了一下可怕的聲音來。

我立即站了起來，血從傑弗生的口角流出，凝成了紅色的冰條，我還未曾出聲，張堅已將傑弗生扶了起來，將他塞進那艘小飛船中，他回過頭來問我，道：「怎麼樣？我們怎麼辦？你可要找一個醫生麼？」

我咬着牙，當然我迫切需要一個醫生，但即使沒有醫生，我自己也可以將肩頭上的子彈取出來的。但如今卻有着更要緊的事情要做。

我忙道：「你將傑弗生看住，他的身體很強壯，立即會醒來的，他醒過來之後，你不能讓他有自由活動的機會，你要——」

當我講話的時候，張堅人站在小飛船的門口，拉着門上的把手，卻回過頭看着我。

我講到「你要」這兩個字的時候，突然看到傑弗生的身子，在飛船之內，動了一動，連忙叫道：「張堅，小心！」

可是，我的警告，卻已經遲了一步。

只見傑弗生的身形暴起，張堅的身子一晃，顯然他已吃了一拳，張堅的手一鬆，人已跌了下來。

而當張堅在冰中滾着，想要站起身來之際，飛船發出嗡嗡的聲音，已經騰空而起，「唰」地出了冰洞，「嗡嗡」的聲音，立即遠去，轉眼之間，冰洞之中，便已恢復了極度的寂靜。

張堅從冰上站起來，道：「糟糕，我或者還可以沿着那根繩索爬出來，你肩頭上的傷勢很重，怎能夠爬出冰縫？」

我嘆了一口氣道：「張堅，你別太樂觀了，你以為傑弗生會將那根繩索留給我們麼？」

張堅陡地一呆，向冰洞口衝去，當他仰頭上望時，他背影那種僵直的情形，使我連問都不必問，便知道我所料的一定是事實了。

隔了足有兩分鐘，張堅才叫道：「它不見了，那繩子不見了！」

第十部

一切的毀滅

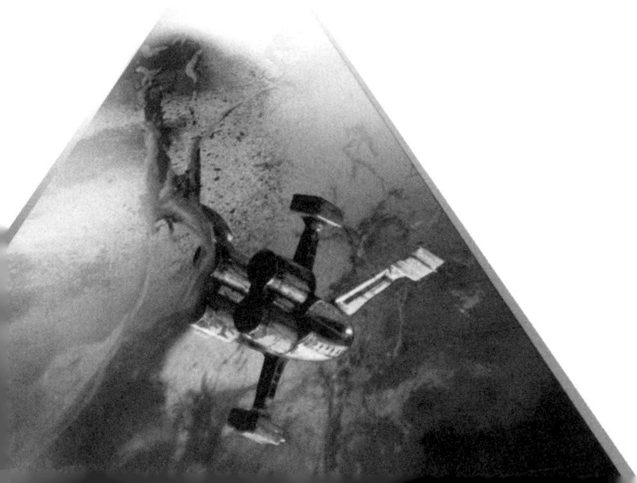

我苦笑道：「那是意料中的事情，但是你放心，傑弗生必將再來，他絕不會放棄他那種『權力』的。」

張堅轉過身來道：「他大可以等上三四天，來收我們的屍體，根本不必三天，在零下四十度的情形下，沒有一個人可以不增加身體的熱量而支持二十四小時的。」

我反對道：「那你未免說得過分了，我曾在冰原上流浪了七天，身上只披着一張白熊的皮。」

張堅「哼」地一聲道：「可是你能捕捉海豹、企鵝，喝牠們的血，吃牠們的肉，如今我們在這個冰洞之中，你能指望些什麼？希望企鵝坐着飛船來拜訪你麼？」

我心中不禁十分生氣道：「張堅，你是不是在怪我未曾答允傑弗生？」

張堅呆了一呆：「當然不是，但我們如今怎麼辦？你還受了傷，我們難道就在這裏等死麼？」

我挨着冰壁，向前走着，到了洞口，向上看去，藍色的天，只是一線。而想要攀上那樣的冰壁，那幾乎是沒有可能的事情，就算有着最完善的攀冰工具，都難以達到目的，因為冰山多少總有一些傾斜，而這個冰縫，卻是直上直下的。

我站在洞口，發了好一會呆，才陡地想起，我們是不至於陷於絕境的！上一次，我來這個冰洞的時候，曾經發現過一個紙盒，盒內全是如同朱古力糖似的綠色狀塊物，那是綠色行星上人的食糧。當時我忍着肚餓，不敢去碰它們，可是我卻記得，傑弗生曾說，他在那空中平台上，也是仗着這種食物過日子的。

我知道有着這包食物，那我們至少可以在這個冰洞中活下去。我來到了那張桌面前，找到了那包食物，拋了一塊給張堅。

張堅接在手中，道：「這是什麼東西？」

我道：「是食物，你嘗嘗，味道可能不錯，它能使我們在這裏長期地生活下去。」我一面說，一面已將這樣的一塊東西放進了口中。

才一入口，便覺出一陣難聞的草腥味，幾乎要令人吐了出來，但是我卻硬着頭皮，將它吞了下去。因為無論如何，總比生啃熊肉來得好些。而且，如今在冰洞之中，求生熊肉也不可得啦！

我吞下了那食物之後，看到張堅也在愁眉苦臉地硬吞，我裝出微笑地望着他，我口中的草腥味，這時也漸漸褪去，而代之以一種十分甘香的味道了。同時，我覺得精神為之一振，像是對未來的一切，充滿了信心一樣。張堅面上的沮喪的神色，也在漸漸減少。我立即明白：那一定是這種食物的神奇作用！

這種食物不但能解決飢餓，而且能夠使人精神飽滿，勇於進取，面對着任何困難的環境都不失望。

我向前走出了一步，張堅也向我走出一步，我們兩人，會心地握了握手，我甚至覺得肩頭上的疼痛，也減輕了不少。

張堅道：「我們該設法和藤清泉與羅勃聯絡，我相信這裏和空中平台，一定有着直接的聯繫的。」

我點了點頭，傑弗生大怒而去，他當然是回那空中平台去了，我們必須先他一步，而將他的變態，說給藤清泉和羅勃兩人知道。

我來到那具電腦之旁，一具看來像是無線電話機的儀器旁邊，察看了一會，拿起了一隻聽筒，突然，一幅鋁片向旁滑開，現出了電視熒光屏來。

熒光屏上開始是跳動的亮點，不到半分鐘，我就看到了空中平台的一間房間，藤清泉正在翻閱着資料，而羅勃則在來回踱步。

我對着那圓筒叫道：「藤博士，藤博士！」

我才叫了一聲，藤博士和羅勃兩人便一齊到了一具和我如今使用着的儀器相似的機械面前，而我同時也聽到了他們的聲音。

我知道他們也看到我們了。羅勃濃重美國南部口音的聲音傳了過來，「衛斯理，你們如今就在那個冰洞中麼？」

我立即道：「羅勃、藤博士，你們聽我說，傑弗生已回來了，他已成了一個狂人。」

羅勃的聲音充滿了疑惑：「狂人？這是什麼意思？」我忙道：「我很難向你解釋，但是他一定——」

我才講到這裏，便呆住了。因為我看到傑弗生鐵青着臉，已經闖了進來！

藤博士和羅勃兩人，陡地轉過身去。

在傑弗生的手中，又多了一柄手槍，他幾乎一停也不停，便扣動了槍機。

我和張堅兩人所在的冰洞，和傑弗生他們所在的空中平台，不知相隔得多遠，但由於電視得直接互傳設備，我可以清晰地聽到子彈的呼嘯聲。

羅勃胸口中槍，他的面上，立時現出了一個十分滑稽的情形來，手按在他身旁的一張桌子上，站了約莫十秒鐘，才向下滑倒下去。

在他倒地之後，他面上仍然帶着那種滑稽的神情，像是因為一件絕不可能發生的事，竟然發生，有點意外的驚險一樣。

羅勃當然是立即死去，他中槍的部位正在心臟，我默祝他死得毫無痛苦。

藤清泉站了起來，指着傑弗生，手在發抖。

傑弗生向前踏出了一步：「藤博士，我還是需要你的，我們可以合作。」

藤清泉仍是伸手指着傑弗生，他並沒有開口，可是他面上的神情，卻使他根本不必開口，別人也知道他是想說些什麼。

傑弗生大聲道：「藤博士，你想拒絕我麼？我可以使你成為日本天皇，你太不識趣了！」

藤清泉指着傑弗生的手，垂了下來：「我明白了，你已經找到了可以加強壓力，使地心熔岩在指定的地點噴發出來的辦法了，是不是？」

傑弗生走了過去，雙手按在藤清泉的肩頭。

和傑弗生高大的身子相比，藤清泉更是乾癟、瘦小。但是藤清泉面上那種堅毅清高的神情，和傑弗生面上出油，充滿了慾念的神情相比，卻又使人覺得藤清泉不知比傑弗生偉大了多少。

傑弗生道：「是的，我已找到那辦法了，藤博士，你可看出這能給我們帶來多大的財富，多大的權力麼？」

藤清泉冷冷地道：「或許我是老了，我看不出來。」

傑弗生後退了一步，我無法到那地方去救藤清泉，因為一切雖歷歷在目，但事實上，我們雙方面，卻隔得極遠。

我只得大聲講道：「傑弗生，你若是想殺害藤博士，我就毀了這具電腦。」

傑弗生轉過頭來，他一定是對着電視攝像管在獰笑，因為我可以清楚地看到他面上在跳動的每一根肌肉。他尖聲道：「你不會的，你也不敢，你毀了那具電腦，地球在一百年中，就要完蛋。」

我冷笑道：「我有什麼不敢？地球或許將在一百年中毀滅，但也可能在最後一年，由地球上自己的科學家出力來挽救地球。」

傑弗生的面色，變得鐵也似青：「你敢碰那具電腦，我立時用槍柄打死這老狗！」

傑弗生顯然已狂得不可數藥的地步了，他竟稱藤清泉這樣第一流的科學家，值得尊敬的學者為「老狗」，我真恨不得再狠狠地打他幾拳！

藤清泉坐了下來，苦笑了一下：「教授，我們拯救地球的工作已停止進行了麼？」

傑弗生揮舞着手：「當然不，但是我不要白白的工作，我要取得代價。」

我忙搭腔道：「傑弗生，我們完成了壯舉之後，將這件事情公布出去，全世界所有的榮譽，一定集中在你的身上。」

傑弗生叫道：「放屁，榮譽可以換來什麼？」

藤清泉望了望傑弗生好一會，像是一切事情根本沒有發生過一樣，又埋首去研讀文件了。傑弗生狠狠地瞪了他一眼，又踢了羅勃的屍體一腳，悻悻然走了出去。

我忙叫道：「藤博士，藤博士。」

藤清泉抬起頭來。我道：「藤博士，你看有什麼法子可以阻止他？」

藤清泉默然地搖了搖頭，他面上那種難過之極的神情，叫人看了，也不禁心酸。

藤清泉是最傑出的學者，地震學的權威，他將畢生精力，放在研究地震、預測地震、甚至防止地震的研究工作上，以造福人群。

但是如今卻有人要利用地震來為個人增加地位，增加權力，這怎不令他傷心？

我嘆了一口氣，勸慰藤清泉道：「藤博士，你放心，我們一定設法阻止傑弗生的狂行，並按照原來的計劃，使地心熔岩在冰島附近的海底噴發。」

藤清泉呆了半晌，又低下頭去，去翻開他面前的資料。

我也知道我的勸慰是發生不了什麼作用。

因為這時，傑弗生一定再度到冰洞來了，他有武器，我們只是赤手空拳。他已經殺了羅勃，絕不在乎再多殺幾個人。

他會駕駛飛船，操縱一切複雜難懂的儀器，他的確可以成為有着操縱世界命運力量的魔王，我們有什麼法子和他來對抗呢！我們還算是幸運的，因為那些電子人已經自我毀滅了。如果那些電子人還在的話，我們早已沒有命了！

我想了一會，才轉過頭來：「張堅，傑弗生又要回來了。」

張堅道：「怎麼辦？他擁有一切別的星球上的科學成就，我們與他相比，等於一個原始人遇到了一輛坦克車一樣。」

我迅速向洞口走去，向下看了看：「我們可以設法向冰層下面攀去，不讓他發現我們。」

張堅也來到了洞口：「我們能攀下去麼？」

我苦笑道：「極度危險，但是傑弗生一來，我們就一定要死了，還是值得冒險的。我們帶上食物，免得餓死在冰縫中。」

張堅取了那盒食物，我們兩人，沿着冰縫上突出只有三數寸的冰條，向前走去。

這行動的困難，是可想而知的：腳下是冰，一不小心就可以滑下去，而身旁也是冰，絕對沒有可供抓手的地方。

另一面則是空的，一跌下去，連屍骨也不知要到什麼地方去了。

我們幾乎是一寸一寸地向前移動着。

當我們移出七八尺的時候，我們已經聽到了飛船的「嗡嗡」聲。我和張堅兩人，面面相覷。我們如今存身之處，剛好有一塊突出的冰，將我們和冰洞的洞口隔開。

若是傑弗生駕着飛船，直飛達冰洞的話，他可能發現不了我們。

但如果我們被他發現了的話，那我們的處境，真比甕中鱉還要糟糕，因為，我們是絕對無法逃避傑弗生的襲擊了。

我們都停了下來，我們看到飛船下降，進了那個冰洞之中。

張堅低聲道：「想想辦法，想想辦法！」

我四面看看，我有什麼辦法好想？四周圍全是冰，要想辦法，也只有在冰上着眼，可是在冰上，有什麼逃生的辦法？

我低聲回答：「沉住氣，傑弗生不一定發現我們。」我的手撫在背後的冰壁上，我的背部也緊緊地靠在冰上，我只覺得一陣陣徹骨的寒意，自背部陣陣地透了過來，令我牙齒打顫。

不到兩分鐘，已聽得傑弗生近乎咆哮的聲音，自冰洞口傳了出來，大聲叫道：「你們以為可以逃得脱麼？你們以為可以溜走麼？」

我和張堅兩人，都可以透過那塊大冰，看到他的身影在洞口雙臂飛舞。同時，我們也可以看到他的手中，執着一件十分奇形怪狀的東西，看來有點像是理髮師的吹風筒，我還未曾想出那是什麼東西之際，陡地聽得一聲巨響，自冰洞洞口傳了出來。

那一下巨響，我和張堅兩人，心頭雖然大受震動，但是還可以忍受得住。然而，因為那一下巨響所造成的音波震盪，卻在冰縫中形成了一股巨大力道！

那股力道是撞在我們對面的冰壁之上，但是立即反彈了過來，撞向我們的身上！

我們當時的處境，是能夠勉強保身體的平衡，不跌下去，已經是上上大吉的事了。不要說有一股強大的力道突然撞了過來，就算只有一隻黃蜂在我們的面前飛過，我們也可能因為身子略動一動而站不穩的！

那股力道以排山倒海之勢壓了過來，我們只覺得陡地一窒，身子先是向冰壁緊緊地一靠，接着，那股向我們撞來的力道，便變成了一股極大的吸引力，我們兩人，不約而同嚇出了一聲怪叫，向下跌了下去！

在我和張堅兩人向下跌去的時候，我們還可以聽得到傑弗生的怪笑聲。我和張堅幾乎是靠在一起跌下去，我立即握住了他的手臂。當然，這是無補於事的，我是為什麼握住他手臂的，我也說不上來，或許是為了兩個人一起跌死好一點，或許是為了我心中害怕。

我一抓住了張堅，張堅也立即抓住了我的手臂，我們兩人幾乎是同時跌去的。冰冷的，攝氏零下三十度的冷空氣，在我們的面上以極高的速度掠過，使得我們的臉上，像是被無數利刃在刺割着一樣。

我們的視力幾乎已經消失了，看不到任何東西。張堅的喉間，不斷地發出一種怪聲來，我自己只怕也好不了多少。我並不是怕死的人，但是在如今這樣，連要死在何處，如何死法都不知道的情形下，心中實是沒法不駭然。

是我首先看到在我們的下面，有兩團陰影在浮游。看來，像是兩個幽靈。

那的確像是兩個幽靈，我在第一眼見到那兩個幽靈的時候，心中所想的竟以為那兩個陰影，是我和張堅兩人的身子！

我以為我們已經死了，身子在繼續下落，而靈魂則還在冰縫中飄盪，找尋歸宿。

但是，當我們迅速地向那兩團陰影接近的時候，我的心中，陡地生出了一線希望來。

我已經看出，那兩團陰影，事實上是兩個人，浮游在冰縫中的兩個人，那兩個人，我可以說並不是第一次見到他們了。

那兩個人之所以會在冰縫中，那還是我將他們推了下來的。說得明白些，那兩個浮在冰縫中的人，就是死在那冰洞中，被我推下冰縫去的那兩個綠色人。

我不知道何以那兩個已死的綠色人的身子，竟會不一落到底，而浮在空中。

但是我卻立即想到，「他們」的身子，既然有着浮空的力量，我們不也可以有救了麼？我猛地一推張堅，將張堅推開了些。

或許是由於我們急驟的下落使得冰縫中的空氣，形成了一個漩渦，所以浮在空中的那兩個綠色人，向我們移近，我用盡了氣力，叫道：「抓——」我只講出了一個字，便無法再講下去。大蓬冷空氣湧進了口中，我的舌頭立時僵硬了。

但我雖然只講出一個字，張堅也已經明白了我的意思，他雙臂伸出，已經抓住了一個綠色人的身子。而我也在同時，抓到了那兩個綠色人的一個。

當我才一抓住那綠色人的身子之際，我仍然在向下沉去，但是又沉下了一些之後，勢子便緩慢了下來。

終於，我們下跌的勢子止住了。

張堅喘着氣，他噴出的氣，在冰冷的空氣中，凝成一陣又一陣的冰花，他被凍僵了的臉上，現出極度駭異的神情來：「這……是怎麼一回事？」

聽他的話，看他的神情，像是他根本不相信在如今這樣的情形下，我們居然還能獲救一樣！

我也和他有相同的感覺，我想回答他，可是我卻沒有法子講話，因為我的舌頭還硬得和石頭一樣，就如同口中含着一塊冰，我只好搖了搖頭。

這時，我們兩個人移動着身子，幾乎和騎在那兩個綠色人身上，沒有什麼分別。

我的視覺漸漸恢復，我向那綠色人身上察看，只見在他們背上所負的氧氣筒之下，有着一圈腰帶，那圈腰帶上，有着一排手指大小的噴氣管。

當我的手，放到這排噴氣管之前的時候，只覺得有一股極弱的力道，從那些噴氣管中，噴了出來。而在「腰帶」的另一方面，則是一個密封的金屬盒子。

我開始明白了，那個「腰帶」，一定是一種個人飛行器。「個人飛行器」對地球人來說，也不是什麼秘密了，早在幾年前，美國軍方便已經製造成功，利用作用等於反作用的原理，人在負上了「個人飛行器」之後，便能夠離地飛行。

當然，地球上的飛行器，和如今在綠色人身上的，是無法比擬的，我如今所看到的，不但小巧，而且它的燃料，分明是密封在那金屬盒子之中的。

什麼東西能夠體積那麼小，發出的力量那麼大，而又能維持如此之久？實是無法想像。

張堅浮在我的身邊，他也發現了那圍在綠色人腰際的「個人飛行器」，並且去扳動了其中的一個掣，他的人後退，又撞向右面的冰壁，好在這次的去勢並不急，他雖然撞了一下，卻也不覺疼痛。

他喜極而呼：「這是可以操縱的。」

我點了點頭，我的舌頭已略可以轉動了，發出了我自己也認不出來的聲音，生硬地道：「試……試……向上……飛去。」

張堅又去轉動另一隻掣，他人陡地向下沉了下去，但是立即，他人又向上浮了起來，他笑了起來，他眉毛上的冰花，簌簌地掉了下來，叫着：「奇妙，十分奇妙！」

我道：「我們設法將這飛行器裝到我們的身上來。」張堅道：「那我們先要找一個地方立足。」

我四面看了一看，前面似乎有一塊冰突出來，那麼小的地方，只能容一個人立足，張堅先飛了過去，在冰上站定，將那綠色人身上的飛行器除了下來，圍在自己的腰際。

那綠色人的身子，立即向下直落了下去，而張堅則浮在空中，如同浮在水中一樣。

那飛行器所產生的力量，恰好使得地心對我們的吸力消失，我們的人變得一點重量也沒有了，那簡直是夢中的境界。

我也圍上了那飛行器，張堅忽然道：「衛斯理，從來也沒有一個人，深入南極的冰縫，到我們如今所在的這麼深的，可是我們卻還沒有到底——」

我明白張堅的意思，他才逃得性命，便又想起了他的探險了。

我時時說探險是他的第二生命，可以說一點也沒有說錯。我搖頭道：「不，我們先上去對付傑弗生。」張堅向下面望去：「衛斯理，這是難得的機會，我們先下去，再上來，比上去了再下來，不是可以省去許多時候麼？」

我對於南極的冰縫之下，究竟是什麼情形這一點，可以說一點興趣也沒有，所以我便道：「你下去，我則上去找傑弗生，你別忘了我肩上的傷還需要治療！」

張堅忙道：「那我和你一齊上去，我照顧你。」

我笑了笑：「我還不至於要人照顧，你管你自己下去吧！」

張堅的面上，頗有抱歉之色，他手按在腰際的一個掣上，人便迅速地向下沉去，而我則向上升起，我使上升的迅速保持適中，約莫在十分鐘後，我已經到了那個冰洞的旁邊。

我停在洞口，向洞內看出。

只見傑弗生正在那具電腦之前，忙碌地工作着，絕未發覺我已到了他的背後。

他不停地察看着儀表，操縱着按鈕。我向前跨出了一步，腳踏在冰上，穩住了身子。

我輕輕地轉動一個按鈕，那七個噴氣管中所噴出的力道已經消失，我慢慢地向前走着，盡量不發出聲音來，直到我來到傑弗生背後，我才站定了身子，輕輕叫道：「傑弗生教授，你好。」

傑弗生正在忙碌之際，在突然之際，停了下來。

可是他卻並沒有轉過身來，只是用力地搖了搖頭，便開始了工作了。

他一定以為剛才聽到我的聲音只不過是耳朵出了毛病而已。

我將聲音放大了些，又道：「傑弗生教授，你可好麼？」這一次，傑弗生又是一呆，但是卻立即轉過身子來，他瞪着我，面色青白，似乎當我是一個魔鬼一樣。

他猛地跨出了一步，伸手向那件發出巨大的聲響，令得我和張堅摔下冰縫去的武器抓去。但是我卻先他一步，我伸掌向他的手腕劈去，令得他怪聲嗥叫了起來，我將那件武器搶到了手中，立即向外拋去。

那東西跌在冰上，又在冰上向前迅速地滑出，滑出了洞口，跌了下去。

傑弗生捧着手腕，道：「你……你……你……」

我冷冷地道：「人在冰縫中，是不會下沉的。」

傑弗生道：「沒有這個可能。」

我道：「你若是不信的話，可以去試一試。」我一伸手，向他抓去，他身子向後退，我連忙伸手一撥，將他撥出了一步，令得他跌倒在冰上。

我是怕他身子倒退之後，又撞在那些按鈕上，再度引起浩劫。

傑弗生倒在冰上喘着氣，我向他一步一步逼近：「你已經懂得使用這電腦了麼？」

傑弗生道：「我懂了，我已經懂了。」

我問道：「它是怎樣操縱的？」傑弗生遲疑了一下，我又大聲喝道：「它是如何操縱的？」

傑弗生道：「橫的一排按鈕是代表地球緯線，縱的一排是經線，各按一下，交叉點就是壓力的缺口，就是地心岩漿宣泄的所在。」

我轉過頭去看那具電腦，心中的那種奇異的感覺是難以形容的。

試想，我們居住的地球，居然能憑按鈕而任意毀滅，這種感覺，誰能不覺得奇妙。

霎時之間，我感到我可以説是地球上最偉大的人，我操縱着地球上所有人的生和死、存在和滅亡，只要我的手指輕輕地一按，成千上萬的人，便會在地球上消失，再偉大的建築物，也要變成廢墟。

我望着那兩排按鈕，似乎覺得我的身子在膨脹、膨脹，大到了好像連這個冰洞容不下我的身子一樣，我又忽然產生了一種想大笑而特笑的衝動，我怎能不笑呢？試想想，古今往來，能有什麼人和我相比？

亞歷山大大帝、成吉思汗、拿破崙、希特拉，這一些曾經做過征服世界的美夢，也確曾統治過半個世界的人，和如今的我相比，又算得了什麼？

我心底深處，還知道我若是笑了出來，那等於我成了傑弗生第二了。

可是，我還是抑壓不住，而怪聲大笑了起來，我得意得忘了形，也就在這時，我的腦後，陡地受了重重的一擊，那一擊，使我的身子一個旋轉，看到了站在我面前的傑弗生。

我在迷糊之中，只看到傑弗生高舉着雙臂，接着，我的前額，又受了一下重擊，我的身子又向後一仰，便倒在冰上了。

當我的面頰碰到堅冰時，我還感到一陣冰涼的刺痛，但隨即我便昏了過去。

傑弗生是趁我對着那具控制電腦，所想的愈來愈遠，覺得自己的權力愈來愈大，而野心也自然地增長之際，將我擊昏的。

等我漸漸地醒過來的時候，我睜開眼來，我的手足都被皮帶縛着，而傑弗生則站在我的面前，手叉着腰，站着看我。

我猛地一挺身，躍了起來，傑弗生揮拳向我擊來，我身子一倒，避開了他的這一拳。但是因為我的雙足被皮帶縛在一起，所以我身子在一倒之間，便站立不穩，又倒在冰上。

我在冰上滾了一滾，又倚着冰壁，搖擺着身子，站了起來。

傑弗生獰笑着：「衛斯理，我現在不需要你們的幫助了，我可以另外去招募手下，我甚至可以一個人來完成這偉大的事業！」

他慢慢地揚起手中的槍，對準我，顯然他要欣賞我臨終前的表情，所以他的動作十分慢。或者，他還希望我在冰上跳來跳去，逃避着他的子彈，但是卻終於死在他的槍彈下！

我竭力維持鎮定，我是可以逃生的，只要能夠開動圍在我腰際那「飛行帶」的製就行了。

我的雙手被反縛在背後，我只得倒轉身，在冰壁上挨擦着，冰壁並不是平整，而是有稜角的，我挨擦了幾下，已經碰到了「飛行帶」上的一個鈕掣，我整個人，陡地騰空而起，斜斜地向洞口，射了出去。

那一下變化，顯然是傑弗生所萬料不到的。

他雖然在那空中平台上住了許多年，得知了許多地球上的人類所不能想像的奇蹟，但是他卻始終未曾見過那兩個綠色人，當然也不知道有着飛行帶那樣神奇的東西。

他睜大了眼上望着我，直到我已飛出了冰洞，他才放槍，我的身子出了冰洞之後，仍是斜飛出去，以致撞在冰縫的冰壁上。

撞到了冰壁之後，便貼着冰壁，向上升去，轉眼之間，便已經出了冰縫。出了冰縫之後，飛行帶的作用，仍然不減，我的身子繼續向上升着，這時候，我也聽到冰縫中，響起了「嗡嗡」的聲音。

傑弗生一定已經明白那是怎麼一回事，駕着飛船來追趕我了。

我雙臂用力地掙扎着，傑弗生將我的雙手縛得十分緊，但我是受過嚴格的中國武術訓練的人，我懂得如何先縮起雙手，使皮帶變鬆，然後再陡地用力一掙。

我掙了幾下，便已經掙開了雙手，我也顧不得手腕的紅腫疼痛，連忙按下了飛行帶上的一個掣，我整個人幾乎像流星一樣地向下落去。

那急驟的下降之勢，使我深深地埋入雪中。

而這正是我所要的。

因為我雖然圍着飛行帶，但是卻仍然無法和駕駛飛船的傑弗生相抗的，這是再淺顯也不過的道理了，所以我要隱伏在雪中。

我扒開了一些雪，向上望去，飛船已經在半空之中，迅速地盤旋着、搜尋着了。我看到從飛船的四周圍，噴出一連串耀目的火花來，那顯然是一種十分厲害的光波武器。

因為我看到，當那種灼亮的光線，射在冰雪上的時候，所碰到的冰雪，立時化為烏有，而升起一股白裊裊的蒸氣來，冰原之上，平添了許多深洞。

飛船在空盤旋了一會，向高空升去，傑弗生可能以為我已向上飛去了。我仍然伏在雪中不動，沒有多久，飛船又以極其快疾的勢子，落了下來。

飛船降落的地方，距離我躲藏之處，只不過十三四步遠近！

我看到傑弗生從飛船中走了出來，執着武器，不可一世地站在雪地上，四面看着。

我考慮着由雪中爬過去襲擊他，但是還不等我有什麼行動，傑弗生又進了飛船，向那冰縫中沉了下去。

我從雪中鑽了出來，心中暗叫一聲好險。

我也呆呆站在雪中，我是在想我剛才面對着那具控制電腦時心情上的變化。如果不是傑弗生一下將我擊昏了過去的話，我繼續想下去，會想到什麼呢？這實在是太可怕了！

我極可能和傑弗生走到同一條路上去，人是有着共通的弱點，而我也只是一個普通人，實是沒有法子抵受如此巨大的引誘的。

那具控制電腦必須被毀去，我已經下定了決心，問題只是在於如何在毀去這具控制電腦之前，先使地心岩漿在冰島附近的海面宣泄出來。

我想了一會，低飛到了那道大冰縫之旁，又向下沉去，我並不是想在這時再去襲擊傑弗生，我只是想和張堅會合之後再一齊想辦法。

當我在冰縫中，向下慢慢沉去之際，我突然看到外面，有着一片我前所未見的紫色光幕。我吃了一驚，使下沉的勢子減慢。

我看到，那一片紫色的光幕，是從停在冰洞口子上的飛船頂上發射出來的。那柔和的紫光向上射去，遇到了冰，又倒折了回去，恰好將整個冰洞射住。

我還看到，在冰洞上面，紫光照射的地方，堅冰在開始融化，已有幾根巨大粗壯的冰柱出現。

我不知道那紫光是什麼玩意兒，但是我知道那一定是一種輻射光，傑弗生用來封住了冰洞的洞口，不讓別人再進去。

我繼續向下沉着，越過了冰洞，我還未曾發現張堅，我不禁開始擔心起來，我加快了下沉的迅速，不一會，我已經超過了我和張堅分手之處，我的心中也愈來愈急，張堅究竟到什麼地方去了呢？

由於冰層的折光作用，向下去，並不見得如何黑暗，不知下沉多深，我看到了藍得像液態空氣也似的海水，我也看到了張堅。

張堅正在離海水上面兩三尺之處飛浮着，他面上的神情如同着了魔一樣，一看到了我，便叫道：「你看，海水是溫的！」

我伸手去摸了摸海水，果然感到十分溫暖。

事實上，海水可能接近攝氏零度，但因為冰縫之中，溫度實在太低，所以反而覺得海水十分溫暖了。

張堅使身子上升了些：「衛斯理，我又發現了地球的另一個危機。」

我望着他，不明他意何所指。張堅道：「你看，深達千百尺的冰層底下是海水，衛斯理，這說明什麼？這說明整個南極洲冰原，是浮在海面上的一塊巨大無比的冰塊。這冰塊是在融化的，總有化盡的一天，那時，地球上的陸地，十分之九，將被淹沒，人類還有生路麼？」

我聳了聳肩，張堅的理論可能正確，但這一定是許多許多年之後的事情了。到時，人類或許根本已放棄了陸地，而在空中建立城市了，南極冰原融化，又怕什麼？

我道：「張堅，別管這些了，我幾乎已擊倒了傑弗生，但卻又被他反敗為勝，如今，他用一種十分怪異的紫光封住了那冰洞洞口，使我們難以進去，你說我們該如何？」

張堅想了一想，道：「我們找藤博士一齊商量。」

我苦笑道：「你說得容易，那空中平台在三萬五千尺的高空，我們如何上得去？」

張堅道：「我們先到冰縫上面去再說。」

我們一齊升上去，在經過冰洞的時候，我們透過那一層紫色的光幕，看到傑弗生在電腦前忙碌的工作。

張堅似乎不信那層紫色的光幕可以阻止他，他伸出手指來，去探了一探。可憐的張堅，我想阻止他，已經來不及了。

他的手指，才一接觸那種看來十分之柔和的紫色光線，便突然消失了，一點也不錯，是在突然消失了，沒有聲音，也沒有冒起一股白煙，更沒有什麼難聞的氣味發出來。

我連忙一拉他的手臂，我們兩人在那片刻之間，又上升了些，張堅瞪着他失去了食指的右手，面上露出了一種十分滑稽的神情來。這的確是令人難以相信，一隻手指，竟在刹那間不見了。

而且，看張堅的神情，也不像是有什麼特別的痛苦。我低聲問他：「你覺得怎樣？」

他尚剩的四隻手指，可笑地伸屈着，口吃地道：「我的食指呢？我的食指呢？」

我苦笑了一下：「剛才，你用食指去試探那種紫色的光芒，你的食指消失了。」

張堅搖了搖頭：「我怎麼一點不覺得痛？這是可能的麼？這會是事實麼？」

我嘆了一口氣：「唉，張堅，這當然是事實，你要知道，目前傑弗生在利用的一切科學設備，都是來自另一個星球的高級生物的科學結晶，是來自另一個星體，我們地球人所從來不知道的另一星體的，我們實在是沒有法子去想像，去了解它們的，在這樣的情形下，什麼不可能的事，全變成可能的了。」

張堅的面上，仍然維持着那種可笑的神情：「那麼，我的食指是不會再生出來的了。」

我看他食指「斷去」的部分，皮膚組織仍然十分完整，一點傷痕也沒有，像是他這一生，右手根本就沒有食指一樣。

我心知那紫色的光芒，一定對我們地球人的人體細胞，有着徹底的毀滅作用，或者，它能使人體細胞在千分之一秒的時間內萎縮——體積縮小了幾十萬倍，那看來便等於不存在了。我無法解釋出原因來，因為我也是地球人，對於另一個星體的東西，是無法了解，無法想像的。

我們兩人，迅速地上升，不一會就出了冰縫，張堅仍是不停地注視着他缺了食指的右手，我勸了他幾句，他抬起頭來：「衛斯理，我不是感到難過，失去一隻手指，對我今後的一生沒有多大的影響，我又不是小提琴家或鋼琴家，我只是奇怪！」

我道：「那你就得想穿了，如今，傑弗生已經將那冰洞封了起來，我們還有什麼辦法對付他呢？」

張堅道：「辦法是有的，但是卻已不是你我兩人的力量所能做得到的了。」

我遲疑道：「你的意思是——」

張堅道：「去找我的探險隊，我的探險隊，是受十四個先進國家支持的，我們可以要求這些國家的政府，派軍隊、武器，來對付傑弗生。」

我攤了攤手，道：「只怕這十四個國家的武裝力量還沒有出發，她們的首都，便都毀於地震了，你知道，傑弗生如今要造成一場地震，是多麼容易？」

張堅望着我，他顯然還不知道我這樣說法是什麼意思，我便將我藉着飛行帶的幫助，到那冰洞之中，和傑弗生相見的經過說了一遍。

張堅呆了半晌，才道：「那麼你說，他如今是在做些什麼工作？」

我道：「誰知道，或許他正在撰寫致各國元首的最後通牒。但不論如何，他是一定會製造幾場由他事先指定的地震，來證明他是掌握着這種權力的。」

張堅大聲道：「衛斯理，我們難道沒有法子阻得住他麼？他簡直是瘋了。」

我想起了我自己站在那具電腦控制器前，思想上所發生的變化，我搖了搖頭：「當一個人被巨大的權力迷惑住的時候，是沒有什麼力量能夠勸得醒他，除非有一種比他所掌握的權力更大的力量，將他毀滅。」

張堅無可奈何地道：「我們上哪裏去找那個能以毀滅傑弗生的巨大力量？」

我無話可說。

因為我的確想不到，地球上還有什麼人，有比傑弗生具有更大力量。要有力量阻止傑弗生瘋狂的行動，那除非是那個遠在銀河系之外的星球上的綠色人，再來地球，但這是可能的麼？

我想到了這一點，張堅也顯然想到了這一點，因為我們兩人，不約而同，一齊抬頭向天上望去。

那時，我們離地約十來尺，正在向前飛行，就在我們抬頭向上望去的時候，在我們的前方，天上突然出現了一團奇妙之極的光華。

那一團異光，在才一開始的時候，是耀目的白色。南極冰原上，本來就是白色，但天空卻是異常的蔚藍，所以，當那一大團白色，突然出現之際，像是天地忽然倒轉了一樣。

我和張堅兩人，陡地一驚。

張堅立即失聲道：「不好，反常的極光，磁性風暴將來了！」

張堅的話才一出口，那一大團白色的光芒，便已經開始轉變為淺黃色，接着便是橙色、紅色、便是濃紫色。張堅又道：「這不是極光。」

他一句話剛出口，只聽得一下驚天動地的巨響，自空中傳了下來。

那一下巨響的力量之大，令得我和張堅兩人，從空中跌了下來。

而當我們跌到在冰雪上面之後，我們只覺得整個冰原都在蠕動着，像是整個南極冰原，正被一種極大的力量在篩動着一樣。

我心中有一個所想到的念頭，便是傑弗生已經在行使他所握有的權力了。

我勉強抬頭向上望去，只見在一聲巨響之後，天上又出現了奇景。

在剛才出現一大團光芒的地方，這時，各種各樣的光芒，正如煙花一樣，四下迸濺。

世界上沒有那樣多色彩的煙花，也沒有那麼巨大的煙花，更沒有發出如此大的震撼力的煙花，那當然不是煙花。

因為，本來是平整的積雪，這時竟然因為震動，而變得具有波浪紋了！由此可見那一下震動力量，是何等巨大！

我們都被高空中那種絢麗耀目的光彩懾住了。我已經看出，天空中的那許多四下飛射的光彩，全是許多碎成了片片的金屬，帶着高熱在四下飛濺。那和煙花其實是一樣，煙花便是利用各種金屬粉末造成的。

但是，在那麼高的高空之中，為什麼會突然有那麼多的金屬碎片呢？

我陡地想到了那空中平台。

那是非常可笑的事情，我之所以突然想到了那空中平台，也是由於煙花的緣故。

煙花是利用各種金屬粉末在高熱中燃燒而構成各種奪目的色彩的。煙花的顏色很多，但它所發出的顏色，都是我們所熟悉的。

但這時，在高空中所發出的那種帶光的色彩，卻是近乎夢幻的，是我從來也未曾聽見過，難以形容，甚至難以回憶的色彩！

我立即想到，這種前所未見的色彩，一定是由一種不知名的、地球上所沒有的金屬，在燃燒中所發出來的，我由是想到了的空中平台。

我陡地站了起來，失聲道：「那空中平台爆炸了，那空中平台毀了！」

張堅也站了起來，他神情失措：「那怎麼會，好端端地怎麼會？」

我想起了藤清泉博士來。

留在空中平台的兩個人，羅勃．強脫已經死在傑弗生的槍下了，只有藤清泉一個人在，這倔強、高貴的老學者是知道已經發生了什麼事，和將要發生一些什麼事的了。他當然不會對傑弗生屈服的，但他也想到難以和傑弗生抗衡。

那麼，在他而言，最好是做什麼呢？易地以處，我也會將那座空中平台毀去的。

我又失聲道：「快留意，看是不是有飛船飛下來！」張堅以手遮額，向前看着，奪目的光彩漸漸消失，空中仍是一片澄藍，什麼也沒有留下。

我按動飛行帶上的掣，想要向上飛去，可是我雙足仍停在雪上，無法拉起。張堅也在按動他的飛行帶，但是他的飛行帶也失靈了。我們相顧苦笑，我呆了片刻，才道：「如果我的估計不錯，那是藤清泉毀去了空中平台，不知道此舉是否能制止傑弗生的狂行，我們需要作最壞打算，所以我們仍要將這件事告訴世人，我們去找南極的探險隊，將這消息傳出去！」

張堅點了點頭：「好，反正我們有的是糧食！」他所指的糧食，便是自那冰洞中取到的那盒綠色的朱古力似的物事，我們已經吃過，並且也知道這種東西，不但可以充飢，而且可以使人充滿活力。

我和張堅兩人，開始在南極冰原上步行，我們只求遇到任何一個探險隊，但是整個南極冰原，縱橫卻有近四千公里，在那麼大的面積上，要找十來個探險的據點，和大海撈針，也就差不許多了。

但這次在冰原中的流浪，卻並不狼狽，因為我們有着那種食物在維持着體力，一直到這種食物吃完，我們又吃了兩天企鵝肉，我們才被直升機發現，那竟恰好是史谷脱的探險隊。張堅的歸來，使得舉隊歡欣若狂。我們不知在冰原上漂流了多久，因為在南極永恆的白天中，是沒有法子計算日子的。

當我和張堅，談起「前幾天空中的異光」時，才知道並不是「前幾天」，探險隊中有着精細的記載，那是在五十四天之前。

我和張堅兩人，向史谷脱隊長和探險隊員敘述了我們的遭遇，可是卻被他們目為狂人，我們取出了飛行帶作證，可是拆開飛行帶一看，我以為放着超級燃料的地方，原來是十分普通的無線電波接收儀。我知道為什麼當空中平台爆炸的時候，我們的飛行帶便失效了，原來飛行帶的動力，也是來自空中平台的。

我們被史沙爾爵士下令休息，張堅既然回來，我謀殺張堅的罪名當然也不成立了。我們無法説服眾人也感到異常焦急。第二天，遲來的報紙送到了探險隊的基地，我們在報紙中看到一則並不為人注意的新聞：在北極附近，冰島近處的海底下，發生了地震，一座山從海面升起，形成一個新的海島，那是挪威捕鯨船首先發現的。我和張堅兩人，都知道這是怎麼一回事。

但我們卻難以知道這是怎麼會發生的，我想到當我們離開那冰縫時，曾看到那封洞的光芒，正在溶化着堅冰。或許當傑弗生察覺時，洞口的堅冰已經化開，而將他封在洞內了！

傑弗生當然是無法出來，所以才終於天良發現，將地心熔岩在適當的地點宣泄出來的。

然而，那只是我的猜想，事實的真相，究竟是不是那樣，那卻是沒有法子知道的了。

（全文完）

衛斯理小說典藏版　79

地心洪爐

作　　者：　衛斯理（倪匡）
責任編輯：　楊紫翠
封面設計：　李錦興
出　　版：　明窗出版社
發　　行：　明報出版社有限公司
　　　　　　香港柴灣嘉業街18號
　　　　　　明報工業中心A座15樓
電　　話：　2595 3215
傳　　真：　2898 2646
網　　址：　https://books.mingpao.com/
電子郵箱：　mpp@mingpao.com
版　　次：　二〇二二年八月初版
I S B N：　978-988-8828-24-1
承　　印：　美雅印刷製本有限公司